JN315344

大富豪同心

湯船盗人

幡大介

双葉文庫

目次

この作品は双葉文庫のために書き下ろされました。

湯船盗人　大富豪同心

第一章　深川騒動

一

「どいた、どいたァ！　八巻《やまき》の旦那のお出役でぃッ！　邪魔だッ、道を空けやがれッ」

荒海《あらうみ》ノ三右衛門《さんえもん》が罵声《ばせい》を張り上げながら走る。

日が暮れてまだ間もない。南本所番場町《ばんばまち》は薄暮に包まれていた。一膳飯屋にかかった軒行灯《のきあんどん》が道を照らしている。三右衛門の形相に驚いて、酔客が慌てて顔を引っ込めた。

三右衛門にだいぶ遅れて、黒巻羽織の同心が走ってきた。

「あれが南町の八巻様……！」

飯屋から顔を出した酔客が、身震いを走らせた。

ところがである。噂に名高い辣腕《らつわん》同心は、なんとも頼りない足どりで走り抜けていったのだ。

さらにその後ろを、幇間《ほうかん》にしか見えない男がガニ股でヨタヨタと従っていく。

「い、今のが、噂の人斬り同心様なのかえ……？」

酔客はほっぺたでもつねりたい気持ちで、同心主従を見送った。

卯之吉《うのきち》は、激しく喘《あえ》ぎながら走り続けた。

心ノ臓が張り裂けそうだ。足元も暗くてよく見えない。

（荒海の親分さん、もうちょっと、足を緩めて……）

そう訴えたいのだが、喉がヒィヒィと鳴るばかりで声にならない。

健脚の三右衛門はずいぶんと先を走っている。

（ああ、なんだって、こんなことに……）

卯之吉は激しく後悔した。

（ちょっとばかり〝遊び〟が過ぎたのかも知れないねえ）

そもそもが放蕩《ほうとう》で始めた同心ゴッコだ。これまでに悪党たちを何人も捕縛してきたけれども、卯之吉の中ではそれもまた、遊びの一環であった。

（だけど、今回ばかりは、遊びでは済まされなくなっちまったねぇ）

謎めいた事件。殺された俳諧師《はいかい》。卯之吉は自分の意志で事件の解明を目指し、探索の手を伸ばした。只それだけのことなのに、たちまちのうちに事態は暗転し、人がひとり、斬られて死んでしまった。

（ああ、なんてことだい）

そして、闇の中を走っている。走らされている。

（こんなことになるのなら、同心様の真似事なんか、するんじゃなかったよ）

卯之吉は心の底から後悔した。


「こっちでさぁ、旦那！」

三右衛門が四つ角で立ち止まって腕を振り回している。どうやら問題の湯屋は、その角を曲がった先にあるらしい。卯之吉はヒィヒィと音《ね》をあげながら足を運び、ようやく三右衛門に追いついて、角を曲がった。

そして、卯之吉は眩《まぶ》しそうに目を瞬《しばたた》かせた。

通りに面して南町の高張提灯《ちょうちん》が立てられている。さらには御用提灯を手にした小者たちまで通りに立って、野次馬どもを追い払っていた。

黒巻羽織姿の同心たちも集まっている。筆頭同心の村田銕三郎《むらたてつさぶろう》が、ちょうど湯屋に踏み込んだところであった。

「ああ……、村田さんまで、お出ましになっていますよ」

卯之吉はゲンナリとした。

「当たり前でございますさぁ。さぁ、旦那もお調べに加わってくだせぇ」

卯之吉の気も知らず、三右衛門が促した。

卯之吉は気の進まない様子で、南町の小者たちに歩み寄った。

「あれっ？　八巻様……？」

小者が素《す》っ頓狂《とんきょう》な声を張り上げた。心底から不思議なものを目撃した——という顔つきで卯之吉を見つめている。

卯之吉が自分から事件の現場に駆けつけて来ることなどほとんどない。絶対にない、と断言しても良い。

「通してもらいますよ」

卯之吉に言われて「あっ、はい」と、ようやく気がついた小者が六尺棒を持ち上げた。

卯之吉と三右衛門が現場の湯屋に入っていく。小者たちは茫然《ぼうぜん》とした顔つきで、卯之吉の背中を見送った。

湯屋に入るやいなや、ムンッと濃密な血臭が鼻を突いた。

「湯屋だからねえ。建物の中に籠っているのだねえ」

卯之吉は、こんな呑気《のんき》な放蕩者だが、蘭方医の修業中には手術や腑分けに立ち会っている。血の臭《にお》いには慣れているし、怖がりもしない。三右衛門は若い頃から喧嘩出入りで血飛沫《ちしぶき》を浴びていた。これまた流血の事態には慣れている。

銀八《ぎんぱち》だけが真っ青な顔で身を震わせた。

「あっしは、表で待たせていただくでげす」

そう断りを入れて逃げ出してしまった。

湯屋の構造は、入ってすぐに番台があり、その奥は脱衣場になっている。脱衣場には、事件が起きた時に客として湯屋にいたと思《おぼ》しき者たちが、ひと纏《まと》めに集められていた。

「あっ親分。それに旦那も！」

客の中の一人が叫んだ。面目なさそうな顔つきで前に踏み出してくる。荒海一家の代貸、寅三《とらぞう》だ。特徴的な太い眉毛をしかめている。強面《こわもて》の顔つきが台無しであった。

「やぃッ、寅三！」

三右衛門が激昂《げっこう》した。

「手前《てめ》ェという男をつけておきながら、この有り様はなんだ！」

寅三は首を竦《すく》めた。

「面目ねぇ……」

そこへ、この町内を仕切る番屋の者らしき男が、低頭しながらやってきた。

「南町の八巻様とお見受けいたしやす」

「あい。あたしが八巻さ。お役目ご苦労様だね」

「畏《おそ》れ入りやす」

チラリと寅三に目を向けた。

「この野郎は本当に、八巻様の手下《てか》だったのでございますかえ」

寅三を疑っていたらしい。顔つきを見れば、一目でヤクザ者とわかるのだから当然だろう。

「だから、何べんもそう言ったじゃねえか！」

寅三が激怒して喚《わめ》いた。

卯之吉は三右衛門に顔を向けた。

「どうして寅三さんがここにいるんだえ？」

三右衛門は卯之吉の耳元で囁《ささや》いた。

「例の仕舞屋《しもたや》の娘……、あれを追《つ》けさせていたんでございますさぁ」

卯之吉は「ふぅん」と言った。

（ということは、寅三さんは、殺しの有り様を、その目で見ているってことですかねえ……）

もしもそうなら、ある意味では大手柄だ。しかしわけあって南町の同心や捕り方の前では、話を進めることができない。

「……とにかく、殺されたお人を見せてもらいましょう」

番屋の者は「へい」と低頭し、「こちらでございますさぁ」と案内した。世間の噂では、同心八巻は南北町奉行所きっての切れ者ということになっている。番太郎の扱いに如才はない。

脱衣場の奥は洗い場になっていた。天井には〝八間《はちけん》〟と呼ばれる行灯が吊るされている。南町奉行所の小者も提灯を手にして立っているので、明るさに不自由はなかった。

洗い場の床に一人の侍が突っ伏して倒れていた。肩と脇腹に深い刀傷がある。はぜ返った傷口から大量の血が流れだしていた——。

二

話は、十日ばかり前に遡《さかのぼ》る——。

その日、美鈴《みすず》は、寒風の吹きすさぶ中、武州《ぶしゅう》草加宿《そうかじゅく》の近くにある、母の生家へと向かっていた。

（天の気が入れ替わったようだな……）

季節が急に、秋から冬へと移った。冷たく乾いた風が吹き荒れている。落ち葉が風に舞って、街道で渦《うず》を巻いていた。

美鈴の母は百姓の家の娘であった。百姓とはいえ相当以上の分限者《ぶげんしゃ》で、大きな屋敷を構え、広い農地と小作人たちを抱えていた。

徳川家が領主として入府してくる前——すなわち戦国時代には、地侍として合戦に明け暮れていたともいう。その名誉を買われてか、代官所に出向く際には裃《かみしも》の着用も許されている。

美鈴の母は美鈴が物心つく前に、流行《はや》り病で亡くなった。美鈴にとって草加の爺婆《じじばば》は数少ない家族であった。時折こうして出向いては、互いの元気な様子を確かめあう。季節の変わり目には尚更ねんごろに近況などを語り合うのが常であった。

しかしである。祖父と祖母とを敬愛して止まぬ美鈴も、昨今はなにやら気が重くなっている。美鈴が八巻家で住み暮らすようになったことで、元からお節介焼きだった祖母の、いわゆる老婆心に火がついてしまったようなのだ。

二言目には「赤子はまだか」と問い質《ただ》してくる。「美鈴は嫁に行ったのではございませぬ」と答えても承知しない。

そこが武士と百姓の結婚観の違いなのだろう。「正妻ではないというのなら、側室でも良い。後継ぎとなる男児を産んでしまえばこっちのものだ」などと、あけすけな物言いで美鈴を赤面させたりもした。

挙げ句の果てには、閨《ねや》でのことなどあれこれと口にして、「時には女から誘わねばならぬ」だの「男を喜ばせるにはああだのこうだの」と、とんでもない話を語り出すのだ。

そんなふしだらな話など聞きたくもなかった。美鈴は「わたしは八巻先生の許へ、剣術の弟子として住み込んだのであって、男と女の関係ではないのです」などと言って、むりやり話を切り上げなければならなかった。


「はぁ……」

我知らず悩ましげなため息を漏らしながら、美鈴は帰路についた。

日の短い季節である。急いで八丁堀に帰らなければ夜になってしまう。

足を急がせながら、美鈴は再びため息を漏らした。心ならずも卯之吉のことを、性愛の対象として見ていない、などと自分の口から言ってしまったことが悔まれてならなかった。

（わたしだって、本当は……）

旦那様に閨で——などと考えて、

「違う違う！」

と一人で絶叫し、街道を行く人々をギョッと振り返らせたりもした。

美鈴はその場に立ち止まり、深々と息を吐き出した。

「わたしは、どうなってしまうのだろう……」

　こんな宙ぶらりんの状態のまま、男だか女だかわからぬ、男装の剣士のまま、年老いていってしまうのだろうか。

（せめて、年頃の娘らしい格好でもしてみるか……）

　髷《まげ》を島田に結い上げて、派手な色柄の振袖を着る。悪くはない、と思わぬでもないのだが、女物の着物は窮屈でたまらぬ。

（なにしろ裾さばきが悪い。それに振袖も、剣を使う際の邪魔となろう）

　今日も今日とて美鈴は、紺色の小袖に羽織袴を着けて、腰には大小の刀を差していた。ピンと背を伸ばして歩けば、剣術の稽古で身につけた見事な行歩も堂々と決まり、颯爽《さっそう》たる若侍の姿に見えてしまうのだ。

「むむ、こうして悩んでいても始まらぬ。それにもうすぐ日が暮れる」

　もちろん、日が暮れたところで夜道を恐れる美鈴ではない。悪党や辻斬りが襲いかかってきたところで、返り討ちにする自信はあった。

　美鈴が恐れているのは夜道ではなかった。夜になるとすぐにどこかへ出掛けてしまう卯之吉の行状だ。

（暗くなる前に帰らねば、旦那様は――）

美女たちの待つ遊里に出向いてしまうであろう。

美鈴は足を急がせた。飛ぶような速さで千住《せんじゅ》大橋を目指した。

無事に江戸に入った美鈴は、休むことなく八丁堀を目指した。筋違橋《すじかいばし》で神田川を渡り、鍛冶町《かじちょう》に入る。ここまで来れば江戸城の廓内《かくない》だ。さすがは徳川将軍のお膝元。夕刻とはいえ大勢の人々が出歩いていた。

鍛冶町を突っ切って、さらに南に向かおうとした時であった。行く手でなにやら、不穏な空気が立ち騒いでいることに気づいた。

「ムッ」

美鈴の総身に緊張が走った。渡り中間《ちゅうげん》だろうか、みるからに悪人ヅラの男たちが五人がかりで、町人の娘とそのお供の町人を取り囲んでいた。しかも、

「取って食おうってわけじゃねえ。酌をしろって言ってるだけだぜ」

などと、お決まりの文言で管《くだ》を巻いていたのだ。

お供の町人は商家の番頭かなにかであるらしい。

「ご勘弁ください。こちらのお嬢様は酌婦などではございませぬ」

と、泣きだしそうな顔つきで中間たちに訴えている。

周囲には町人たちの姿もあるが、御難を避けて手出しも口出しもできない。遠巻きにして若い娘の災難を見守るばかりだ。

中間たちはよほど酔いが回っているのか、それとも生まれつき理屈の通じぬ手合いなのか、ますます調子に乗り、酔顔をさらに赤く染めた。

「なにがお嬢様だ、町人風情が図々しいぜ！」

中間は武士ではない。町人や農民などの生まれなのだが、武家に奉公している期間だけは侍と見做《みな》される。それをかさに着てやりたい放題をするのである。

美鈴は激怒した。

（おのれ！　中間風情が武士を騙《かた》っての悪行三昧《ざんまい》か！）

このような手合いを許しておいたら武士そのものの名誉に傷がつく。しかも苛《いじ》められているのは町娘だ。同じ女人として見過ごしにはできなかった。

中間たちはお供を突き飛ばし、転んだところを足蹴にした。

「さぁ、来な！」

中間の一人が町娘の手を取って引っ張ろうとした。町娘は金銀の縫い箔を散らした紅色の振袖を着ていたが、手首を引かれた拍子に袖が捲《めく》り上がって真っ白い腕が剝《む》き出しとなった。

美鈴は走った。いつでも抜刀できるように、腰の刀の鞘を握った。

ところが、

「あっ、いたたたたっ！」

悲鳴を上げたのは、なんと、娘の腕を引いた中間のほうであったのだ。

美鈴は「えっ？」と叫んで、我が目を疑った。いつの間にやら娘の手が中間の親指を握っている。握り返したうえできつく捻《ひね》って、腕全体を絞り上げていたのだ。

「ヤッ！」

澄んだ美声が響きわたる。いったいどんな技をかけたのか。中間の巨体は空中で半回転して、ドウッと背中から地面に叩きつけられた。

叩きつけられた中間自身が仰天して、目を盛んに瞬《また》かせた。投げ飛ばされた実感すらないらしい。

周りで見ていた中間仲間たちのほうが先に我に返った。そして激昂した。

「この女《あま》！」

「よくも兄ィをやりやがったな！」

太い拳を握り、丸太のような腕で殴り掛かる。すると娘は、紅色の長い袖を振

り回しながら拳をかわし、その拳をサッと摑《つか》むやいなや、

「エイヤッ」

掛け声もろとも、またも巨体をぶん投げてしまった。二人目の中間は兄貴分の上に背中から落ちて、兄貴分と一緒に悲鳴を上げた。

「この糞ッ！」

残りの三人が凄《すご》んだところへようやく美鈴が駆けつけた。

「待て待てッ！」

突然現われた美貌の若侍に、中間三人と、倒れていた二人が身構え直す。

「何者《なにもん》だ、手前ェ！　声変わり前の若侍めが、怪我したくなかったら、すっこんでろッ！」

典型的な啖呵《たんか》に美鈴が答えた。

「南町奉行所同心、八巻様に縁の者だ！」

途端に中間たちの顔つきが変わった。

「八巻様だと！」

「げえっ、人斬り同心の八巻……！」

美鈴は間合いを詰めると、抜刀の体勢で腰を沈めた。

「拙者は八巻様の剣の弟子だ！　市中を騒がす悪党どもめ！　八巻様に代わって仕置きをいたす！」

美鈴の構えと腰の座り、そして全身から放たれる殺気は本物だ。喧嘩に慣れた中間たちは美鈴の実力を即座に見抜いた。

「まずいッ！　逃げろッ！」

立っていた者たちは身を翻《ひるがえ》して、倒れていた二人は急いで起き上がると、大慌てで逃げ去って行った。

見守っていた町人たちがヤンヤの歓声を上げる。娘のお供は、痛む足腰をさすりながら立ち上がり、美鈴の前まで来ると、土下座して感謝の言葉を並べ始めた。

「ありがとうございます！　危ういところで助かりました！」

美鈴は困り顔でお供を見た。

「いや、拙者は何もしておらぬ」

町娘に目を向ける。

「悪党二人は、そなたのところの娘御が懲《こ》らしめたのだ」

そう言って、もう一度まじまじと娘を見た。

（あの技……なんとも凄《すさ》まじい手際であったな）

娘は優美な顔だちで、意味ありげな笑みを浮かべつつ、美鈴を見つめ返している。男二人を思い切り投げ飛ばしたのに、綺麗に結った髷は崩れておらず、櫛《くし》も簪《かんざし》も抜け落ちていない。身体の重心と頭の位置をほとんど動かすことなく、技を掛けたのに違いない。よほどの達者にしか会得し得ぬ技量だと思われた。

町娘は、美鈴の視線を真っ直ぐに受け止めた。そしてニッコリと笑って言った。

「わたしと同じ」

美鈴は「えっ」と思った。

「わたしと同じ？」

どういう意味であろうか。それにその口調は、町娘が武士の若侍に向かって使うものではない。

お供が早口で被《かぶ》せてきた。

「南町の八巻様のお噂は、もちろん伺っておりまする。たいそうな剣術の達人でいらっしゃるとか。そのお弟子様に助けられ、ますます身の縮む思いでございます。八巻様のお屋敷には、いずれ日を改めまして御礼を申し上げに参ります。本日のところは――」

懐から金を取り出し、懐紙に包んで美鈴に握らせようとした。

美鈴は慌てて手を引っ込めた。

「八巻様は、町人からの賂《まいない》は受け取らぬ」

「あっ、左様でございました。ご高潔なお人柄は、ご高名とともに聞き及んでおります。これはかえってとんだご無礼を」

お供の者はヘコヘコと米搗《こめつ》き飛蝗《ばった》のように低頭しながら、娘の手を引いた。

「それでは、これにて御免くださいませ……」

頭を何度も下げつつ、娘の手を引いて去っていった。

美鈴はその後ろ姿を見送った。

（おかしな娘だ……）

最後まで美鈴には礼を言わなかった。その理由が武芸者の美鈴にはわかる。

（いらぬ助太刀をしたということか）

娘には自分一人で中間五人を叩きのめす自信があったのだ。娘は内心（余計な手出しをされた）と思っているのに違いなかった。

「あっ、と……」

夕闇に包まれた空を見上げる。

「いかん！」

美鈴は急いで八丁堀へと走った。

八丁堀の通りを突っ走り、八巻家の生け垣の、片開きの戸を開ける。台所に飛び込んで、

「只今戻りました！」

大声を張り上げた。

ところが屋敷内からは返事がない。どこもかしこも真っ暗闇だ。台所の竈《へっつい》には火も入れられていなかった。

「もうッ！　また夜遊び！」

美鈴は地団駄を踏んだ。

（あそこで変な町娘と出会いさえしなければ、こんなことにはならなかったのに！）

と、臍《ほぞ》を嚙んだのであった。

冷気がしんしんと身に沁みてくる。座っているだけでも冷たい畳が足を凍らせるかのようだ。卯之吉は胸まで炬燵《こたつ》に潜り込み、分厚い綿入れを着た背中を丸めた。

三

この時代の炬燵は、ほとんどが一人用の小さな作りだ。木で組んだ櫓《やぐら》の中に火鉢を入れ、布団を被せる。天板などはなく、酒を飲んだり料理をつついたりする際には布団の上に盆を載せた。

卯之吉は炬燵の中で火鉢を抱え込んだ。

「この季節、夜の遊びは身に堪《こた》えるねえ」

刻限はまだ宵の口だったが、日が沈むと同時に、一気に気温が低下した。障子や襖を締め切っていても、どこからともなく冷気が忍び込んできた。

冬の宴席は昼間に限ると言われていたわけだが、残念なことに卯之吉には南町奉行所同心の役儀があった。昼間に宴席を設けることは難しかったのだ。

それなら夜遊びなどはせず、布団を被って寝てしまえばいいのだが、そこは卯之吉。遊蕩のために生きているような男である。今日も今日とて寒さをこらえて永代橋《えいたいばし》で大川を渡り、深川に乗り込んできた。

深川には富岡八幡社がある。参詣の信者の休憩所として開業した茶屋が、いつしか料理茶屋となり、門前町は遊里になった。

座敷に侍《はべ》った辰巳《たつみ》芸者たちも寒さをこらえている。指がかじかんで三味線を弾くどころではない。

座敷にはいくつも火鉢が置かれ、炭が山盛りになっている。卯之吉の大盤振舞いで買われた大量の炭のおかげで、少しずつ部屋が温もり始めた。

と、その時であった。

「おうっ、今日も暑いのう！」

胴間声《どうまごえ》を張り上げながら梅本源之丞《うめもとげんのじょう》が座敷に飛び込んできて、卯之吉の炬燵の前を突っ切って窓に寄ると、パンパンッと音高く、障子を盛大に開け放ったのだ。

途端にビュオーッと、木枯らしが吹き込んできた。ここは二階座敷、風の通りは良い。その冷気の厳しさといったら、耳たぶが千切れてしまいそうなほどだ。

「暑い暑い！」

源之丞は片肌脱ぎになると、窓辺にドッカと腰を下ろし、カラカラと高笑いを響かせながら、扇子で裸の胸元を扇ぎ始めた。

正気の沙汰《さた》ではない。卯之吉は呆《あき》れ果てた。

「つまらぬ見栄を張るのはお止しくださいましよ」

ここは深川。吉原と並び称される江戸の遊里で、粋人や遊び人たちが大勢集まっている。

遊び人という手合いは、基本的に暇人《ひまじん》なので、つまらぬ意地を張り合うことが大好きだ。酷暑の季節に「寒い」と言って火鉢にあたりつつ鍋をつついたり、厳寒の季節に「暑い」と言って、裸体で水遊びをしたりする。

痩せ我慢を競いあい、勝った負けたと大騒ぎをするわけなのだが、

「そんな遊びには付き合いませんよ。おお、寒い」

日頃は酔狂が大好きな卯之吉も、その日ばかりは源之丞の挑発に乗ろうとはしなかった。

「あたしは、寒いのだけは、大の苦手なのですよ」

そう言って、炬燵の布団を首まで引っ張り上げた。卯之吉は痩せているので、体熱を作り出す筋肉や、保温のための贅肉《ぜいにく》が乏しい。冷気が骨の芯まで届いてしまう。

源之丞はカラカラと笑った。

「寒いから寒いと言うなど、いつもの卯之さんらしくもないぜ。野暮も極まる姿だな！」

普段の卯之吉は、何が起こっても我関せず、しれっとして微笑《ほほえ》んでいるような男だ。その様子がいかにも余裕たっぷりで、遊び慣れているようで、粋を極めた姿に見える。遊冶郎《ゆうやろう》たちからは感心され、女たちからは褒めそやされる――という次第だ。

粋や男伊達《だて》にこだわる源之丞としては、憎々しくも見える姿であったので、情けなくも炬燵にもぐったままの卯之吉を見て、普段の仕返しをしたつもりなのだろう。ますますの上機嫌で高笑いした。

「国許の氷室《ひむろ》より氷菓子を取り寄せたぞ！　さぁ、食おう食おう！」

茶屋の仲居が盆を掲げて座敷に入ってきた。盆の上には山盛りに氷が盛られた器がのせられていた。

将軍や大名などは、夏の盛りに氷室を開けさせ、冬の間に貯えてあった氷を取り出し、細かく砕いて食する。果物の汁などをかけて美味しく頂戴するわけだが、そんな氷菓子を真冬に食べる馬鹿者はいない。もちろんこの氷も氷室などから取り寄せたものではなく、そこら辺で凍りついていた氷に違いないわけだ。これもまた、源之丞なりの遊びなのである。

卯之吉は目の前に氷菓子を置かれて、「ひいっ」と悲鳴を上げた。

「こんな季節に氷なんかを食べたりしたら、あたしは死んでしまいますよ」

卯之吉は食の細い虚弱体質で胃腸が弱い。ただでさえ腹が冷えているのに氷を食べたら確実に腹を壊す。

「蘭方の医学をかじったあたしが確約します。きっと死んでしまいますよ」

卯之吉は器を片手で摑むと、傍《かたわ》らに控えていた銀八のほうへグイッと突き出した。

「これはお前が食べておくれ」

旦那の難儀を引き受けるのも、幇間《ほうかん》の務めだ。

銀八は情けない声を張り上げ、大げさな物腰で後ろにひっくり返った。

「まったく、源さんの酔狂は質《たち》が悪《わり》ィや」

そう言いながら、小太りの町人が入ってきた。〝遊び人の朔太郎《さくたろう》さん〟だ。その正体は寺社奉行所の大検使、庄田《しようだ》朔太郎である。

炬燵ではなく、四足膳を前に据えて腰を下ろす。綿入れの長衣と羽織を着けているが、さほどに寒そうな様子ではない。さすがは武士——というわけでもなさそうだ。朔太郎は肥満体で、腹にも首回りにも贅肉がついている。贅肉が保温剤となって、寒さに堪《た》えることができるのだろう。

朔太郎は源之丞が持ち込んだ氷菓子を匙《さじ》ですくって一口食べた。それで義理は果たしたとばかりに、器を仲居に下げさせた。

「寒い時には熱燗が一番だぜ」

盃を手にして突き出す。辰巳芸者が銚釐《ちろり》を取って、美酒を注いだ。

朔太郎は一口すすって「おう」と賛嘆の声を上げた。

「こいつぁ、良い酒だな」

目を細めて、その目を卯之吉に向けた。

「三国屋《みくにや》は、店じまいの切所《せっしょ》を切り抜けたね」

三国屋はこの夏の洪水で、金蔵の金を残らず幕府に供出した。さしもの三国屋も店じまいするのではないか、と世人が噂するほどであった。

「しかし、どうやら潰れずに済んだらしいや」

卯之吉は盃に口をつけつつ訊《き》き返した。

「どうして、お分かりになりますかね」

朔太郎はニヤニヤと笑う。

「だってよ、卯之さんの奢《おご》りの酒が、ますます奢ってきやがった。この酒は一斗が何両もする銘酒に違《ちげ》ぇねぇ。これだけの酒がまた飲めるようになったってことは、三国屋の懐具合が良くなってきたってことじゃねぇか」

図々しく、不躾《ぶしつけ》に聞こえる物言いだが、卯之吉は気にせずに微笑んだ。

「仰る通りでございますよ。夏の大雨にも拘わらず秋の実りは良かったようでしてね。ま、一安心でございますよ」

三国屋の本業は札差《ふださし》。徳川の旗本や御家人たちが幕府から賜った年貢米を買い取って、その米を米問屋に卸すのが仕事だ。豊作だったので買い取りの値は安く、一方、市場はいまだ夏の洪水による米不足が後を引いていたので米価は高い。その差益で三国屋は経営を建て直し、さらに余分の金蔵がいくつも建つほどの利益を得た。

三国屋から卯之吉への合力金（仕送り）も元に戻って、卯之吉はいくらでも、遊蕩のできる身に戻ることができたのだった。

「なんにしてもありがてぇ。おかげでこっちは心置きなく飲み食いできらぁ」

寺社奉行所の大検使も江戸の役人。接待や只酒を悪いことだとはまったく思っていない。卯之吉にたかるのも当然と感じているらしかった。

「まあね、今宵は派手に遊びましょう」

卯之吉はそう言ったのだが、しかし、余りにも寒くて炬燵から出る気にはなれない。芸者たちも三味線どころではなく、冷たい指を擦《こす》り合わせている。一人、源之丞だけが上機嫌で、「おお、これは甘露！　暑さしのぎにぴったりだ」などと言いながら、氷菓子を頬張っていた。

と、その時であった。開け放たれた障子の下を、慌ただしげな足音が走り抜けていった。

「おうっ、退《ど》いた退いたぁ！」

などと叫び散らしながら通りすぎていったのは、盛り場を仕切る地回りだろうか。それとも、この一帯を縄張りにしている岡っ引きか。

「何か、あったのかねえ？」

卯之吉は首を伸ばして男たちが走り去った方向を見た。

普段の卯之吉であれば、持前の野次馬根性を発揮して窓辺に飛びつくのだが、今日は寒くて炬燵から這《は》い出る気力もない。首だけを伸ばしたその姿を見て、

「まるで亀だね」と朔太郎がからかった。

「何があったんでげすかね」

銀八が窓辺に寄って、上半身を突き出し、通りの向こうを見ようとした瞬間、ビュオオオッと音を立てて寒風が吹きつけてきた。銀八は滑稽な仕種で首を竦めて、衿をかき寄せた。

「何か見えるかい、銀八」

炬燵の中から卯之吉が問う。

「いいえ、何も見えないでげす。……こうも寒いと、野次馬の衆も、茶屋から出ては参りませんでげすなぁ」

「そうかい。それじゃあ障子を閉めて戻っておいでよ」

それを良いきっかけにして、卯之吉は障子を閉めさせた。

いったん冷えきった座敷が、また少しずつ温《ぬく》もり始めた。ようやく卯之吉の顔にも、芸者たちの顔にも、生気が戻った。

源之丞がまたぞろつまらぬ遊びを始める前に、宴を進めてしまおうと思い、芸者衆に唄と踊りを披露してくれるように頼もうとした、ちょうどその時であった。

「退《ど》けッ！　退けッ！」

ひときわ乱暴で傍若無人な怒鳴り声が、下の通りから聞こえてきた。

卯之吉はすぐに気づいた。

「銀八、今のお声は――」

「へい」

銀八も顔色を変えている。

「村田の旦那に違ぇねぇでげすよ！」

村田の足音がけたたましく、下の通りを走り抜けていく。卯之吉はますます首を竦めた。

「こんなに寒いってのに、夜回りをなさっていたんですかねぇ」

南町奉行所の筆頭同心、村田銕三郎は、江戸の悪党どもから〝南町の猟犬〟などという渾名《あだな》を奉られた凄腕同心だ。筆頭同心という身分にありながら、人が嫌がる冬の夜回りを、誰にも命じられていないのに、率先して行っている。

卯之吉が遊興を生き甲斐《がい》にして、どんな真夜中でも出歩くのと同様に、村田は同心の務めを生き甲斐にして、市中巡回に出向くのだ。

「さっきの騒ぎを聞きつけて、駆けつけてこられたのでしょうねぇ」

八町堀の組屋敷から駆けつけてきたにしては、早すぎる到着だ。

「この寒いのにねえ。家でぬくぬくとしていれば宜《よろ》しいのに。本当に、村田様は変わり者ですねえ」

若旦那ほどじゃあございません、と言おうとした銀八だったが、黙っていることにした。

それきり、村田の怒鳴り声も足音も聞こえなくなった。卯之吉は村田のことなど忘れたかのように、呑気《のんき》な顔つきに戻った。

「さぁ、飲めや、歌えや〜」

炬燵から這い出し、ようやく温まった座敷の真ん中で、クルクルと踊り始める。芸者衆がすかさず三味線を掻《か》き鳴らし、太鼓を叩いた。卯之吉はますます上機嫌で、粋なんだか、気色悪いんだか、判断に困るクネクネした踊りを舞い始めた。

銀八は（やれやれでげす）と思った。村田が怒鳴り声を発しながら走っていったのだ。それ相応に重大な事件が起こったのに違いない。卯之吉は仮にも南町奉行所の同心。そうと知ったら村田を追って駆けつけなければならないはずだ。

それなのに遊興にのみ、心奪われて踊っている。

（とは言え……、放蕩者の若旦那の格好で駆けつけられても、村田の旦那が困っ

ちまうでげす）

もちろん自分が若旦那を引っ張っていくこともしない。事件に関わるなど懲り懲りだ。

しばらくすると、またしても村田の怒鳴り声が聞こえてきた。

「門を閉めろ！　橋には見張りを立てろ！　誰も深川の外に出すんじゃねぇ！　それが済んだら茶屋ン中を検《あらた》めろ！　今夜の客の人別を、一人残らず検めるんだ！」

聞き捨てならないことを叫び散らしている。命じられているのは地回りや岡っ引きたちであろう。

「わっ、若旦那！」

銀八は腰を抜かしたような姿で、卯之吉に這い寄った。卯之吉の着物の裾にしがみついた。

「大変でげす！　もし、このお姿を村田の旦那に見られちまったら……！」

深川の地回りたちは卯之吉の顔を知っている。江戸の遊里に関わる者で、三国屋の若旦那を知らない者はいない。当然地回りたちは、村田に向かって卯之吉のことを「こちらは三国屋の若旦那です」と紹介するに違いない。卯之吉の素性と本性が、完全に露顕してしまう。

「あいよ」

卯之吉も事態を悟って、すぐに腰を上げた。こんな時だけ態度が素早い。

「それじゃあ逃げよう」

朔太郎も立ち上がる。

「オイラも一緒に逃がしてくれ。町奉行所に弱みを握られるのは、ちっとばかし厄介《やっかい》だ」

卯之吉は笑顔で頷《うなず》いた。

「いいですよ。一緒に行きましょう」

なんだか目つきが生き生きとしている。面白い遊びを見つけた、とでも言わんばかりだ。

朔太郎は源之丞に目を向けた。

「源さんはどうする？」

源之丞は悠然と大盃を干してから、答えた。

「町奉行所の小役人如きに遠慮せねばならぬことなど、何もないわ」

「さすが、お大名の御曹司《おんぞうし》は言うことが違うね」

「さぁ、急ぎますよ」

卯之吉は朔太郎と銀八を引き連れて階段を駆け下りた。

卯之吉が帰ると聞いて、大慌てで茶屋の主人が出てきた。

「これは若旦那様、……なんぞ、手前の見世《みせ》に不手際がございましたか」

若旦那がヘソを曲げて、帰ると言い出したのでは、と案じたのだ。

「いえ、違いますよ。こちらの都合です」

卯之吉は小判のズッシリと詰まった紙入れを懐から出して、丸ごと主人に握らせた。

「上の若殿様は破天荒な遊びをなさる御方だから、払いがどれだけかかるかわかりません。かかったお座敷代は、そこから抜いておいておくんなさい」

主人は分厚く膨らんだ紙入れを手に持ちかねて、目を白黒させている。

「い、いくらなんでも、こんなにはかかりません」

「じゃあ、余った分は預かっておいておくれ。いずれまた寄らせてもらうよ」

卯之吉は身を翻すと、台所を通って、裏口へ向かった。

「こ、こんな大金……、預かっていろと言われましても……」

主人は生きた心地もないような顔つきで、身を震わせた。

卯之吉たちは裏口から外へ出た。深川は元々は湿地帯で、いたるところに水路が掘られている。掘割で客待ちをしていた五十歳ほどの船頭に声を掛けて、猪牙《ちょき》舟《ぶね》に乗り移った。

「あっ、これは、三国屋の若旦那さん」

船頭は、寒さを堪えて客待ちをしていた甲斐があったという顔つきでほくそ笑んだ。卯之吉の酒手は桁が違うからである。

「どちらへ参りましょう」

もやい綱を解いて棹《さお》を握る。

「とりあえずはどこでもいい。早く出しておくれ」

卯之吉が言うと「へぇい」と答えて船頭は、棹で桟橋を押した。卯之吉と銀八、朔太郎を乗せた猪牙舟が掘割をゆるゆると進み始めた。

掘割から見上げると、陸の上を男たちが慌ただしく走り回っているのがよくわかった。

「ああ、いけない。下駄《げ た》貫《かん》の親分だ」

村田が手札を与えている岡っ引き、下駄屋の貫次《かんじ》の姿が見える。下駄貫は同心としての卯之吉を見知っている。卯之吉は袖でちょっと顔を隠した。

さらには村田本人まで駆けつけてきた。

「なんだか、凄まじい形相でげすよ」

銀八が呑気な口調でそう言った。

その村田が、目敏《めざと》く卯之吉たちの猪牙舟を見咎《みとが》めた。

「その舟、待て！」

さすがは南町の猟犬だ。眼力も素晴らしい。

船頭が焦《あせ》っている。

「だ、旦那……、ありゃあ町方のお役人様じゃねぇんですかい？　なんだか、この舟を止めようとなさっているようですぜ」

舟を岸に寄せられたりしたら大変だ。こんな時は金を撒《ま》くに限る──そう思案した卯之吉は懐を探ったのだが、頼みの小判は全部預けてきてしまった。

仕方なく小銭、と言っても二朱金が一杯に詰まった巾着《きんちゃく》袋を船頭の手に握らせた。二朱金は一両の八分ノ一に相当する。この巾着だけでも五両はあるはずだ。

「いいから、やっておくれ」

「えっ、ええっ？」

　船頭は、役人の権威と、手に握らされた金の重みを、心の天秤にかけていた様子であったが、意を決すると棹を握り直した。

「あっしも歳をとって、すっかり耳が遠くなっちまったなァ」

グイッと棹を差すと、何も聞こえないふりをして、舟を進めた。

「待てと申すに！　奉行所に逆らうつもりかッ」

「まったく、歳は取りたくねぇもんだ。目まで霞んできやがって」

怒声を発する村田の姿も見えない、という顔つきで、舟を進め続けた。

やがて猪牙舟は大川に入った。細い舟が激しく揺れた。

「だけどよ、腕はまだまだ確かですぜ。よっこらせっと」

棹から櫂《かい》に持ち替えると、船頭はまたたくうちに大川を漕《こ》ぎ渡ったのであった。

四

翌朝、どの同心よりも遅くに出仕した卯之吉は、寒さに身を震わせながら同心詰所の長火鉢の前に座った。町奉行所は基本的に板敷きで、畳は敷かれていない。真冬の板敷きは凍るように冷たい。

三国屋から差し入れさせた炭を山盛りにすると、その火にあたって一息つく。

「ああ、あったかだねえ……」

蕩《とろ》けるような笑顔で両手をかざした。

「あたしはもう、この場から一歩も動きたくないですよ」

そのまま昼寝(というより二度寝)をしようとしたところへ、ドカドカと足音もけたたましく、村田銕三郎が入室してきた。

「おや?」と、卯之吉は顔を上げて、村田を見た。

(今朝はまた、一段と凄まじい形相ですねえ)

いかなる時でも険しい顔つきで、こめかみには青筋を浮かべている村田なのだが、今朝の形相の凄まじさは桁違いだ。目は真っ赤に血走らせている。目の下には黒々とした隈《くま》までこさえていた。

(昨夜《ゆうべ》はあれから一睡もせずに走り回っていたご様子ですねえ)

その理由の一つが、現場から逃走した自分にあるかもしれない——などとはこれっぽっちも思わずに、卯之吉は微笑した。

「おはようございます、村田様。どれ、お茶でも淹《い》れて差し上げましょう」

気の利いたところを見せようとしたのであるが……。

「あっ」

卯之吉が積み上げた炭は、五徳よりも高く盛り上がっている。これでは鉄瓶をかけることができない。

「すいません村田様。お茶は次の機会ということに――」

「やいっ」

卯之吉に最後まで喋らせず、村田が目を怒らせて迫ってきた。

「ハチマキッ！　手前ェ《てめ》、昨夜《ゆんべ》はどこに行っていやがったッ」

「はっ、はい？」

これはいけない、顔を見られてしまったか、などと動揺しながら口ごもっていると、村田が重ねて質してきた。

「手前ェはいつも、夜回りをしていやがるじゃねえか。町人どもが言うように、辻斬り狩りをしているたぁ思っちゃいねぇ。手前ェにそんな意気地はねぇ」

さすがに毎日顔を合わせて、生活態度を見ていれば、おかしな誤解をするはずもない。

「だがよ、夜回りをしていやがるのは、本当のようだ」

実際には夜回りではなく、夜遊びなのだが。

「昨夜、深川の辺りには、踏み込まなかったかよ？」

「えっ……」

やっぱり顔を見られていたのか、と内心動揺したのだが、村田は悩ましげに溜息など漏らした。

「まぁいい。手前ェなんかを、ちっとでも当てにした俺が馬鹿だった。溺れる者はなんとやら、だ」

「はぁ……」

どうやら顔を見られていたわけではなさそうだ、と判断し、卯之吉はホッと安《あん》堵《ど》しつつも、顔つきは白々しく、訊ねた。

「昨夜、深川で何があったんでしょうかねえ？」

そういえば、昨夜の騒動はなんだったのだろう、と今更ながら思った。昨夜のことなどすっかり忘れていたのだ。この姿を銀八が見たら「とんでもねえ同心様があったものでげす」と呆れ顔をしたに違いない。

「手前ェに話して聞かせたところで、どうにもなるめぇが……」

そう言いつつも、寝不足と疲労でいささか弱気になっていたらしい村田は、昨夜の事件について語り始めた。

「深川界隈《かいわい》で遊び呆《ほう》けていやがる痴《し》れ者どもの中に、天竜斎雷翁《てんりゅうさいらいおう》っていう俳諧師がいる。名前ェはたいそう厳《いか》めしいが、ヒョロヒョロと痩せていて、鯰髭《なまずひげ》を生やした、易者のできそこないみてぇな野郎だ」

「ああ、天竜斎センセイですか」

卯之吉はすぐにピンときた。それどころか天竜斎その人の、姿形や声音まで思いだすことができた。

「なんだ？」

村田がギロリと目を剝いた。

「手前ェ、天竜斎を知っていやがったのか。なんだって俳諧師なんかを知っていやがるんだよ」

卯之吉は慌てて両手を振った。

「それはですね、町人の顔を見憶えるのも、同心の務めかと心得ましたもので」

「フン。確かにその天竜斎って野郎、俳諧や川柳では、それと知られた顔だったようだな」

「はいはい。だけれど、宴席を共にするってぇと、歌を詠《よ》めだの一句捻り出せなど無理強いをなさって、それならばと、詠んだら詠んだで今度は一癖も二癖も難癖をつけるっていう、ちょっとばかり狷介《けんかい》な御方でございましてねえ。遊里ではあんまり、好かれてはおられませんねえ」

「ふぅん。ってぇこたぁ、遊び仲間からの恨みを買っていたかもしれねぇな――ってお前ェ、やけに詳しいじゃねぇか！」

「ええ、まあ、ちょっとばかり。ですがねぇ村田様。そんな意地悪な天竜斎センセイも、綺麗所の前では目尻が下がりっぱなしで、付け文の代筆を頼むと、気の利いた恋の歌なんかを添えてくれるっていうんで、遊里のお姐《ねえ》さん方からは、ずいぶんと評判の良い御方でございますよ」

「なんだってそんなに詳しいんだよ？」

「いえ、その……」

卯之吉は喋りすぎたかと思い、急いで話題を変えることにした。

「それでその天竜斎センセイが、どうかなさいましたかね？」

「死んだ」

「えっ」

「殺されたんだ。昨夜、深川で」

「ええっ」

危うく『あの騒動はソレでしたか』と口走りそうになり、卯之吉は慌てて口を手で押さえた。

村田は卯之吉の訝《いぶか》しい態度には気づかずに、語り続けた。

「昨夜も良い調子で遊び呆けていたらしいぜ。ところが、ブッスリ、殺《や》られちまった」

「それを見ていたお人たちは？」

「茶屋の者たちも芸者どもも、後々の災難を避けようって魂胆なのか、容易に口を割りやしねぇ」

「ははぁ……。客の秘密を守るってのは、あの筋のお人たちの仁義でございますからねえ」

「とにかく俺は、報《しら》せを受けてすぐに駆けつけた。下手人はまだ深川に潜んでいるはずだと当たりをつけて、諸門を閉じ、橋を塞ぐように命じた」

「袋のねずみでございますね。それで、どうなりました」

「どうやら、猪牙舟で逃げられた。船頭が耄碌《もうろく》したジジイで、耳が聞こえねえと抜かしやがって、クソッ！　あと一歩というところで！　この俺の目の前で！」

卯之吉は冷汗を流しながら、必死で笑顔を取り繕った。

「まぁ、お気を落としなさいますな」

「手前ェに言われたかぁねえ！」

村田はカッと激怒した。

「手前ェに慰められるほど、落ちぶれちゃあいねぇんだよ！」

耳元でギャンギャンと怒鳴られて、卯之吉はその場に屈み込んだ。

「ともかくだ！　俺は天竜斎を殺した野郎を突き止める！　こんな口惜しい目に遭《あ》ったのは同心になって初めてだ！　やいっハチマキ！」

「はいっ」

「手前ェは絶対に手を出すんじゃねえッ。手前ェなんかに掻き回されたら捕まえられる者《モン》も、捕まえられなくなる！」

「ははぁ」

下手人探しに手を貸せ——などと言われたら面倒だなぁ、と思っていたので、手を出すなと言われてホッとした。

「お言いつけの通りにいたしますよ」

村田はそれきり卯之吉のことは無視して、詰所のほうに顔を向けた。

「やぃッ、手前ぇら！」

同心たちに檄《げき》を飛ばそうとしたのだが、

「あれっ？　一人もいやがらねえ」

詰所には文机《ふづくえ》が並んでいるばかりで、同心たちは全員姿を消していた。村田の剣幕に恐れをなした同心たちは、卯之吉が村田の相手をしている隙に、こっそりと逃げ出していったのだ。

「どこへ行きやがったんだ」

「皆さん、御用繁多でございますからねえ」

一人だけ暇を託《かこ》っている卯之吉は、欠伸《あくび》でもしそうな顔で答えた。

「フンッ」

村田は足音も荒々しく、同心詰所から出ていった。卯之吉は長火鉢の前に座り直した。

「村田さん、あたしたちのことを下手人と間違えるなんてねえ」

思わず含み笑いが漏れてしまう。

燃え尽きた炭を火箸で取り除き、その火箸を灰に刺した。

「それにしても……。あの天竜斎センセイが、殺されてしまうなんてねえ」

卯之吉はやおら、腰を上げた。

「まんざら知らない仲でもない。一言お悔やみを申し上げに行きましょうかね」

たった今「天竜斎殺しには関わるな」と釘を刺されたばかりだが、それとこれとは話が別だ。

「南町の同心としてではなく、三国屋の放蕩息子として挨拶に行くのですから、どこからも苦情は出ないでしょう」

卯之吉は表へ向かった。

五

卯之吉は村田から聞かされた話を、銀八に語って聞かせた。

「げえっ！　天竜斎雷翁が殺された、ってんでげすか」

銀八はひょっとこのように目を剝いて、ひっくり返った。お道化たわけではない。本気で驚いたのだろう。

「あたしもびっくりだよ。しかも村田さんは、あたしたちのことを下手人だと疑っていなさるんだからねえ、二度びっくりだ」

「疑われてる話のほうは、むしろ当然だと思うんでげすけどね」

そんなこんな語り合いながら東へ向かう。南町奉行所を出て、数寄屋橋を渡ればそこは町人地。新両替町《しんりょうがえちょう》や尾張町《おわりちょう》などが広がっている。

江戸の町人たちは厳寒の最中でもよく働く。尻端折《しりはしょ》りをして、褌《ふんどし》と尻っぺたも丸出しに、威勢よく走っていく者もいた。

一方の卯之吉は裾を長く仕立てた綿入れの長衣を着て、足には二寸もある分厚い雪駄《せった》を履いていた。長い裾は足の爪先まで隠すことができるほどだ。足が冷えないようにという卯之吉なりの用心なのだが、こんな姿では悪党を追いかけて走ることはできない。

それどころか卯之吉は、

「この巻羽織ってヤツは、お尻が冷えて、どうにもいけない」

などと愚痴をこぼしている。町奉行所の同心は、羽織の裾を腰帯の中にたくし込んでいる。走る時に羽織が邪魔にならないように、という工夫で、その姿が精《せい》悍《かん》で小粋だと町人たちからの評判は良い。

しかし、裾をたくし上げればお尻が出てしまう。それが冷えてたまらないと卯之吉はいつも嘆いていた。

ただでさえ弱々しい足腰で、いまだに慣れない刀を差している。そのうえに綿入れの裾で脚を包んで、しかも厚い雪駄を履いているのだ。いつも以上にヨタヨタとした足どりで、卯之吉は尾張町に入った。

「ま、とにかく、ご焼香に行こうよ」

「そのお姿では行けないでげすよ」

遊里で名の知られた天竜斎の葬式には、粋人や遊び人たちが大勢集まることだろう。卯之吉の顔を見知った者も大勢来るのだ。

もっとも……、そんな中に同心姿で乗り込めば、遊び人たちは『卯之吉らしい酔狂だ』と、かえって納得してしまうかもしれないわけだが。


卯之吉は江戸の各所に隠れ家をいくつも借りている。そこには同心の装束と、町人の装束とが用意されていた。いつでも着替えができるようにしてあるのだ。もちろん、江戸の悪党どもの目を晦《くら》まし、市中の探索を進めるために変装するのではない。放蕩息子に戻って遊蕩ができるように、という心がけであった。

「さぁて、これでいい」

髷も町人風の小銀杏《こいちょう》に結い直し、三ツ紋付きの黒羽織から、ゾロリと長い長羽織に着替えた。長羽織は裾が足の脹脛《ふくらはぎ》まで届くほどで、分厚い綿が入れられている。金持ちだけが誂《あつら》えることのできる冬服なのだ。

さらに卯之吉は防寒用に頭巾《ずきん》を被った。目だけを出して口許を覆う山岡頭巾だ。裾の部分で肩と襟首を覆うこともできる。

まさに完全防備、否、完全防寒の装束である。

「さぁて、これでいい。行こう」

寒い表に出て行く覚悟が固まったのか、卯之吉は、沓《くつ》脱ぎ石に揃えてあった雪駄に足指を通した。

「冷たい！」

足の裏が芯まで冷える。卯之吉は怨《えん》ずるような流し目を銀八に向けた。

「雪駄ぐらい、お前の懐で温めてくれたって、いいじゃないか」

銀八は呆れた。

「あっしは太閤様じゃないんでげすから」

障子戸を開けると冷たい風が吹き込んできて、卯之吉は「ひゃあっ」と悲鳴を上げた。

銀八は（本当に世話の焼ける旦那でげす）と、内心愚痴をこぼした。

第二章　天竜斎の秘密

一

両国橋で大川を渡って、対岸の本所に入った。

「天竜斎センセイのお宅って、こんな所にあったんですねえ」

「へい。南割下水に面してるって、小耳に挟んだでげす」

本所南割下水の一帯には、幕府の貧乏御家人たちの屋敷が建ち並んでいる。そのほとんどが、お役に就くことのできない、小普請と呼ばれる者たちだ。屋敷は細かく区割りがされている。当然に敷地も狭く、建物も小さい造りであった。

「八丁堀のあたしの屋敷も、ずいぶん狭くて粗末だなぁと、常々思っていたところですがねえ。この界隈《かいわい》の御屋敷の見すぼらしさには敵《かな》いませんねぇ」

卯之吉の実家は江戸一番の豪商だ。豪勢な商家で生まれ育った卯之吉の目には、御家人屋敷はあまりにも粗末に見えた。

「物置小屋にしか見えませんねぇ」

「ちょっ……！　若旦那！　お声が高いでげすッ」

銀八が大慌てで袖を引っ張って、卯之吉を黙らせた。

本所は、元々は下総国《しもうさのくに》であって、江戸の市中ですらなかった。年々増え続ける江戸の人口を養うため、正徳《しょうとく》三年（一七一三）、江戸に編入された。

しかし、江戸の市中（大川の西岸）から追い出されたのは、身分の卑しい町人たちではなかった。町人は江戸城のお膝元に残されて、栄えある武士であるはずの、御家人たちが大川の向こうに追い払われたのだ。

その話だけでも、御家人たちの待遇が想像できる。幕府から与えられる家禄は三十俵。それに二人扶持《ぶち》がつく、などという貧乏所帯だ。

ちなみにこの場合、三十俵の家禄は年俸だ。二人扶持とは、一人扶持が一日五合で、二人分だから十合（一升）の米が日給として支給される、という意味である。幕府は武士の給料を米で支給する。その米を買い取って、現金に換えるのが札差だ。

いずれにしてもこの薄給では、諸物価の高騰した江戸ではまともに生活できない。武士らしく体面を整え、ピッと糊の利いた羽織袴を着け、家来の中間《ちゅうげん》や小者たちを従えながら暮らそうと思ったら、年に三百俵の家禄が必要であった。


「ええと、確か、この辺りだと聞いたでげすよ」

銀八は幇間《ほうかん》仲間から聞き出した話を思い出しながら、天竜斎の屋敷を探した。

「ああ、あそこでげす。見知った旦那方が大勢集まっていなさるでげす」

一軒の屋敷の前に、遊里ではそれと知られた粋人たちが顔を揃えていた。しかしなにやら様子がおかしい。浮かぬ顔でガヤガヤと語り合っているようだ。

「戸が閉まっているでげす」

それでは屋敷に入れない。焼香に来た者たちが表道で手持ち無沙汰《ぶさた》にしている。

卯之吉は歩み寄って、声を掛けた。

「どうなさいましたね」

たまたま近くにいた顔の長い中年男が、その顔をさらに伸ばして卯之吉を見た。

「ええと、あなた様は？」

卯之吉は目出し穴から出した目を細めて笑った。

「嫌ですねえ、帆掛け伊勢屋《いせや》の旦那ったら。あたしですよ、三国屋の——」

「ああ、三国屋の若旦那さんでしたか。いやぁ、そのお姿は、なんと申しましょうか……」

着膨れした姿は、夏場の卯之吉の二倍近くの嵩《かさ》がある。おまけに顔を隠しているから見分けがつかなかったのだ。

帆掛け伊勢屋は、店の看板に帆掛け船の絵を描いていることから、その名で呼ばれている。江戸には伊勢屋がたくさんあるので、何かの特徴で区別をつける必要があったのだ。

卯之吉は訊ねた。

「どうしたんですね？　ご焼香にいらしたのなら、こんな所に集まっていないで、仏前におあがりになったらよろしいのに」

帆掛け伊勢屋は困った顔をした。

「それなんですがね、あれを見ておくれなさいよ」

天竜斎の屋敷は、門構えもなく、板塀に片開きの戸があるだけなのだが、その戸がきつく閉ざされている。背伸びをして覗きこむと、屋敷の出入り口には忌中の張り紙がしてあるのだが、その戸も開けられていなかった。

帆掛け伊勢屋が嘆息した。

「まるで、閉門を仰せつけられたお屋敷ですよ」

卯之吉も頷《うなず》いた。

「なるほどね。焼香客に『来てくれるな』と仰っているみたいですねぇ」

卯之吉は天竜斎の屋敷の甍《いらか》を見上げた。

「天竜斎センセイは、御家人様だったのですねぇ……」

武士の身分でありながら、俳諧でたつきを得ていたのだ。もちろん、家禄だけでは生活できないからである。

どうやら遺族が、粋人仲間の弔問を嫌がっている気配だ。無理もない話である。粋人たちは、遊里でこそ持て囃《はや》されているが、お上から見れば、風紀を乱す不埒者《ふらちもの》なのだ。

帆掛け伊勢屋が陰鬱な顔つきとなった。

「仮にも御家人のお侍様が、町人の、しかも遊び人と親しく交わっていたなんてことが知れたら、御家のご面目にも傷がつくでしょうしねぇ……」

「なるほど」

「傍目《はため》には、俳諧の先生でご満悦のように見えましたが、ご本人とすれば、お武家から幇間に身を落としたようなご気分だったのかも知れませんねえ」

俳諧という余芸で金を稼いでいたのだ。遊女や芸者の代筆まで請け負っていた。卯之吉からすれば「それのどこが悪いの？」という話だが、武士の世界というものは、とかく矜持《きようじ》と外聞とにこだわる。

「俳諧であたしたちをさんざん叱りつけていたのも、お武家様としての矜持を抑え難かったからなのかも知れませんよ」

「なるほどねえ」

などと言っていたところへ、突然、騒々しい闖入者《ちんにゆうしや》が現われた。

「やいッ、退《ど》け退けッ」

卯之吉は（あっ、まただ）と思った。その罵声《ばせい》は昨夜も深川で耳にした。

（下駄貫の親分ですよ）

恐る恐る目を向ければ案の定、村田銕三郎が肩を怒らせながら走ってきた。

（村田さん、天竜斎センセイのお屋敷を、ようやく突き止められたんですねえ）

こっちのほうが一足早かった。卯之吉は思わず「うふふ」と笑った。

それはさておき粋人や遊び人たちは、町方同心の登場に震え上がった。早くも逃げ出そうとする者までいた。

「やいやいッ、なんだ、手前《てめ》ェたちは」

下駄貫が町人たちを怒鳴りつける。たかの知れた岡っ引き風情だが、後ろに筆頭同心がついているから態度が大きい。

帆掛け伊勢屋が前に出た。豊かな商人で、着ている物も立派だし、面長の顔は押し出しも良い。

「手前どもは、天竜斎先生の俳諧の弟子にございます。天竜斎先生がお亡くなりになったと聞き及びまして、弔問に参りましたのでございます」

「弔問客だと」

なおも凄《すご》みを利かせようとした下駄貫を「おいっ」と村田が窘《たしな》めた。

「仏を出した家の前ぇで、デカい声を出すんじゃねぇ」

叱られた下駄貫は「へい」と答えて首を竦《すく》めた。

村田はジロリと粋人たちを睨《にら》んだ。

「弔問客が、いってぇなんだって、表通りに集まっているんだい」

帆掛け伊勢屋が首を竦めた。

「そろそろお暇《いとま》しようと思っていたところでございまして、はい」

それを潮に、粋人や遊び人たちが後ずさりし始めた。

「今回はとんだことでした」

「皆さんも、くれぐれも御身お大事に」

などと挨拶を交わし合いながら立ち去っていく。卯之吉もそれに紛れて逃げようとした。

そこへ、

「おい、待ちな!」と、下駄貫が房のない十手を突きつけてきた。

「頭巾《ずきん》なんか被《かぶ》りやがって、面妖《めんよう》な野郎だ」

さすがに卯之吉は、(これは困ったことになったたねぇ)などと、頭巾の下で薄笑いを浮かべた。これでも卯之吉としては、かなり焦《あせ》っているほうなのだ。

頭巾を取れと言われたら、いくらなんでも逃れられない。顔を見られれば下駄貫は、「あっ、これは八巻様」と言うだろう。しかし粋人仲間たちの目には、三国屋の放蕩《ほうとう》息子がそこにいるようにしか映らない。

(進退極まったねぇ)

卯之吉は頭巾の下で苦笑した。

帆掛け伊勢屋が助け船を出してきた。

「こちらは三国屋の若旦那さんでございますよ。怪しい御方ではございません」

「三国屋の若旦那だと？」

顔つきを変えて、なにやら苦々しげに眉をしかめたのは村田だ。村田銕三郎の屋敷にも、三国屋の主《あるじ》、徳右衛門《とくえもん》からの賂《まいない》が盛んに届けられる。

卯之吉は頭巾で顔を隠したまま頭を下げた。村田は「行っていい」と言って、手を振った。

卯之吉はうつむきの姿勢のまま回頭して、急いでその場から立ち去った。背後から下駄貫の声で、

「ブクブクと肥え太りやがって。飲んで食って遊んでばかりいるからだぜ」

などという皮肉が聞こえてきた。

どうやら着膨れが肥満と間違えられて、正体が露顕せずに済んだ様子であった。

「危ないところだったねえ」

角を曲がって安堵《あんど》の吐息をついていると、物陰から銀八が飛び出してきた。

「おお驚いた。お前、どこに隠れていたんだい」

「へい。あっしの顔を見られたら、さすがに誤魔化しきれねえと思ったもんでげすから、一足お先に……」

「旦那を置いてきぼりにして自分だけ逃げちまうなんて、とんだ幇間があったもんだよ」

「へぇ、面目ねえ」

卯之吉は銀八を連れて歩きだした。

「さぁて、これからどうしようかねえ」

澄みきった冬空を見上げながら呟《つぶや》く。

「どうするって、何をでげす？」

「天竜斎センセイのことだよ。ご遺族はあんな調子だ。町方同心の村田さんが押しかけたところで、ろくろく骸《むくろ》も検《あらた》めさせてくれないに違いない」

遺族とすれば、天竜斎が俳諧の師匠（というより芸人に近い）をしていた事実を世間に知られたくはない。しかも遊里で殺害されたのである。一人の武士として見れば、これほどの不覚は滅多にない。

「それに、お武家様がたは、町方同心を毛嫌いなさっておられるからねえ。村田さんも今頃は『町方同心風情に詮議される覚えはない！　帰れ！』なぁんて、怒鳴りつけられていらっしゃるに違いありませんよ」

御家人は、どれほど貧乏でも侍だ。町奉行所の管轄は町人地であるから、支配違いということになる。一方、同心の本当の身分は、町奉行所に仕える足軽なのだ。足軽ごときが侍の家に探りの手を突っ込むことは、本来許されないことなのである。

「それにだねぇ、村田さんは、あたしたちを下手人として睨んでいなさるからね。ますます本当の下手人には、近づけなくなっちまうだろうねぇ」

「へい。申し訳ねぇことをしちまいやしたでげす」

卯之吉と銀八は、着替えのための隠れ家へ戻った。

二

「くっそう！　天竜斎の親族どもめッ、『町方風情に詮議される覚えはない』などと抜かしやがったッ！」

南町奉行所に戻ってくるなり村田が吠えた。それを横目で見ながら卯之吉は（案の定でしたねえ）と、ほくそ笑んだ。

村田は苛立《いらだ》たしげに歩き回りながら、怒鳴り続けた。

「殺されたのが御家人だろうが関係ねぇッ。殺しがあったのは町人地だ！　ようし、そんならどうあっても、下手人だけはとっ捕まえてやる！　猪牙舟で逃げた野郎どもだ！　まずはあの船頭を締め上げて、人相風体を聞き出してやる！」

（おやおや、とんだお鉢が回ってきましたよ）

卯之吉は静かに立ち上がると、奉行所の建物を出た。門の脇の小屋には、同心に従う小者や岡っ引きたちが待機している。卯之吉は銀八を手で招いた。

「へい、お呼びでげすか若旦那。お屋敷に戻るお時間にしちゃあ、だいぶ早いでげすよ」

「そうじゃない、お前ね」

卯之吉は銀八に小判を握らせると、その金で昨夜の船頭を逃がすように命じた。

「あの老体で、村田さんの拷問を受けるのは可哀相だ。さぁ、急いで」

「へい」と答えて銀八は門から飛び出していった。

卯之吉は詰所に戻った。火鉢の前でつい、ウトウトとし始めた頃に銀八が戻ってきた。奉行所の小者の報《しら》せを受けて、卯之吉は上がり框《かまち》まで足を運んだ。

「間一髪のところで間に合いましたでげす」

土間に立った銀八が耳打ちする。

「爺さんは、下総に嫁いだ娘のところに世話になるって、言ってたでげす」

「そうかい、良かった」

ホッと安堵した卯之吉に、銀八が眉間に皺を寄せながら続けた。

「ですがね若旦那、これで村田の旦那は、大事な手掛かりを失くしちまいやしたでげす」

卯之吉は吹き出した。

「あたしらは下手人じゃない。いったいなんの手掛かりだえ」

卯之吉は自分の雪駄に足を下ろした。

「だけど、このままだと村田さんは、三国屋の若旦那の所に押しかけて行くだろうね。あの船頭さんを締め上げなくても、茶屋の人たちは、みんなあたしのことを知っている。あのとき猪牙舟で帰ったのはあたしだと、いずれは露顕しちまうだろうさ」

「へい」

卯之吉は外に出て、空を見上げると眩《まぶ》しげに目を細めた。

「どうやら、あたしが本当の下手人を見つけ出さなくちゃいけないことになったらしいよ」

「若旦那……？」

銀八は卯之吉の態度に不穏なものを感じ取って、恐る恐る、訊ねた。

「いったい何を、お考えでげすか」

「村田さんが三国屋にやってくる前に下手人を見つけ出すってことだよ。ううむ、そんなことができるのかね、このあたしに？」

「ですがね若旦那。村田の旦那からは、けっして手を出すなって、釘を刺されていなさるんでげしょ？」

「まぁね、村田さんのことは置いといてもだ、天竜斎センセイには最期のお別れも叶《かな》わなかった。これじゃあなんだか義理が悪いよ。せめてあたしたちの手で下手人を見つけ出して、それをもってお弔いとしようじゃないか」

「はぁ……」

「そうとなれば、天竜斎センセイが殺された時に、近くにいたお人から話を聞きださなくちゃいけないね。銀八」

「へい」

「天竜斎センセイは、誰とつるんで遊んでいらしたかねえ？」

銀八は唇を尖《とが》らせて考え込んだ。

「えーと、確か、悌七《ていしち》ってぇ幇間とつるんでいたと憶えておりやす」

「へぇ？　幇間を連れて歩いていたのか。祝儀だって馬鹿にならないだろうに」

「へい。幇間は金ばかりかかって……。面目ござんせん」

銀八は、この若旦那はあっしが幇間だってことを忘れてるんじゃないのか、と訝《いぶか》しく思った。

「俳諧師ってのは儲《もう》かるんだねぇ。たいしたもんだ。うん。惜しい人を失くしたよ」

「さいでげすな」

「それじゃあ早速、その悌七さんの所に行ってみようよ。なにか話が聞けるかもわからない」

「そいじゃ、あっしが悌七の塒《ねぐら》までご案内するでげす」

「頼んだよ」

二人は奉行所を後にした。

三

「こちらの長屋でげす。小汚《こぎたね》ェ所でげすが、お足元にお気をつけて」

「おいおい」

卯之吉は真っ白な歯を見せて笑った。

「他人《ひと》様のお住まいを『小汚い』なんて言ったら失礼だよ」

井戸端で洗濯をしていた女房衆が、キッと鋭い眼差しを向けてきた。

「あわわわ、若旦那……！」

銀八は小声で囁《ささや》いただけだったのに、卯之吉が大声で言い返したものだから、小汚い所だと罵《ののし》ったことが知れてしまった。

「若旦那……、こちらの奥でげす」

女房衆の視線にタジタジとなりながら、銀八は長屋の奥へと進んだ。卯之吉は剣呑な空気にはまったく気づかぬ様子で鷹揚《おうよう》についていった。

「ここでげす」

障子戸の脇の柱に、『幇間　悌七』と張り紙がしてあった。江戸の町人地に立っている建物は、すべて〝店《たな》〟でなければならない。江戸はそもそも徳川の城の郭内《かくない》で、純粋に軍事施設――つまり基地なのだ。本当は、武士しか必要とされていないし、入城できない場所であるはずだ。

江戸の市中(城内)で暮らす町人たちは、武士の暮らしを支えるために必要だから、集められているのである。だから無為徒食の遊び人や無宿者は、存在することすら許されない。町人たちは武士を相手に何かの商売をしているわけだから、住《す》み処《か》には必ず職業を書き示していなければならない。長屋が裏店《うらだな》と呼ばれるのには、そういう理由があった。

銀八はホトホトと障子戸を叩いた。

「悌七さん、いなさるかい」

しかし返事はなかった。

「ははぁ、昼見世に出てるのでげすな」

冬季は夜遊びが嫌われるので、昼間に宴席がもたれることが多い。冬の昼間に暇を託《かこ》っている幇間は銀八ぐらいしかいないだろう。悌七という幇間、そこそこ売れているようだ、と卯之吉は思った。

「いや、待って」

卯之吉は耳を障子戸に近づけた。

「中に人の気配があるよ」

「えっ」

銀八は障子紙の破れた穴から中を覗いた。

「なぁんだ、いやがるじゃねぇか。悌七さん、あっしだよ、銀八だよ」

すると、薄暗い長屋の奥から声がした。

「銀八？……お役人じゃねぇのか？」

「えっ、ええと」

銀八は卯之吉に目を向けた。役人といえば確かに役人なのだが、なんと答えたら良いものか。

障子戸の穴に目が現われた。中から外を覗いている。卯之吉は町人の姿に着替えて来た。役人には見えない。

心張り棒が外されて、障子戸が開けられた。

これが悌七なのだろう、三十ばかりの小太りの男が立っている。髪は乱れて顔は無精髭だらけ。小さな目をショボショボと、眩しそうにさせていた。

「銀八さんを従えていなさるなんざ、物好きにも程があるっていうもんだ。そんな御方はこのお江戸にも、二人とはいらっしゃいやせん」

卯之吉に顔を向けて低頭する。

「旦那が、ご高名の、三国屋の若旦那様だと拝察いたしやす。初めて近々と御目文字叶いやした。拙《せつ》が幇間の、悌七にございやす」

卯之吉は優美に微笑した。

「いかにもあたしが、物好きにも程があると評判の、三国屋の放蕩息子さ」

「これは恐れ入ったご挨拶だ」

遊びを極めた若旦那と、そこそこ力量のある幇間。初対面ながら呼吸はピッタリ合っていた。

一人、蚊帳《かや》の外に置かれた銀八だけが、さんざんな悪口を言われたうえに、大事な旦那を奪われそうになって、地団駄を踏みそうな顔つきになっていた。

「まぁ、どうぞ、小汚ェ所でござんすが」

悌七は自分の愛用の羽織を持ち出すと、上がり框に広げた。座布団代りに座ってくださいという意味だ。幇間にとっては商売道具ともいえる大事な羽織を差し出す。これ以上はない接待だ。

そこに腰を下ろす旦那衆も、立ち上がる時には小判の一枚も羽織の下に忍ばせて「汚しちまったようだ。染み抜きをしてくんねぇ」などと粋がる。

卯之吉も泰然と腰を下ろした。

悌七は長屋の奥に置いてあった柳行李《やなぎごうり》を開けた。よほど大事にしている物なのか、反故紙《ほごし》に包んであった湯呑茶碗を取り出した。土間までやってきて、水瓶《みずがめ》の水でサッと濯《すす》ぐ。それから火鉢の鉄瓶を取って、茶を淹《い》れ始めた。貧乏長屋に暮らしていても、さすがに幇間。来客用の茶には金をかけている。芳香が馥郁《ふくいく》と広がった。

畏《かしこ》まった態度で湯呑茶碗を差し出しながら、悌七は卯之吉に上目づかいの目を向けた。

「わざわざ足をお運びくださいやして、まことにありがとうございやす。して、本日はこの悌七に、いかなるお話がおありでございましょう」

卯之吉は湯呑を受け取りながら答えた。

「実はあたしね、昨夜は深川にいたんだよ」

「ああ……」

それだけでもう、悌七は何もかも悟《さと》ったような顔をした。

「さいでございやしたか。お役人が門と橋を閉ざしやがったもんで、えらい難儀をなさいましたでしょう」

「いいや？　ちっとも。……いや、まぁ、それはそれとしてだ。あたしもね、同じ八幡様の御門前に居合わせたわけだし、天竜斎センセイとはまんざら知らない仲でもない。それでまぁ、ご焼香に、南割下水のお屋敷まで駆けつけたんだけどね、門前払いをくらっちまってねぇ」

「相手はお武家様でございますからねぇ」

「そのようだね」

「とはいえども、旦那が先に分厚いお香典を見せていなされば、けっして追い返されはしなかったでしょうけれどもね」

次第にいつもの調子が出てきたのか、悌七は不謹慎な軽口を叩いた。卯之吉も「アハハ」と笑った。

「そんなには包んでいっていないよ。……それでまぁ、最期のお別れもできなかったってわけなのさ」

「天竜斎先生もさぞや、悲しんでいらっしゃることでしょう」

悌七は、本気で哀悼しているのか、それとも嘘泣きなのか、顔をクシャクシャにして目元を拭い、そのうえ手拭いで鼻を「チーン」とかんだ。

卯之吉もなんだか目尻がジンと熱くなってきた。天竜斎とはそれほど親しい間柄でもなかったのだが、釣られ涙だ。

「あたしは愁嘆場ってヤツに弱くってねえ……」

いまにも泣きじゃくりそうになっている。

「若旦那、若旦那」

急いで割って入ったのは銀八だ。このまま卯之吉に任せておくと、どこまで話が逸《そ》れていくかわからないので掣肘《せいちゅう》したのだが、故人を偲んで感情が盛りあがってきたところを邪魔することにはかわりがない。こういうところが銀八の、致命的に野暮な部分なのである。

幇間よりも同心の手下が板についてきた銀八は、冷静に卯之吉を促した。

「天竜斎先生の御最期のお話を訊《き》くんでしょうに」

「ああ、そうだったね……」

卯之吉は懐紙を取り出して涙を拭った。

「それでねえ、悌七さん。あたしは天竜斎センセイの、御最期の有り様を知りたいのさ。聞けばあんたは天竜斎センセイにはずいぶんと贔屓《ひいき》にしてもらっていたそうじゃないか。どうだい？　昨夜も一緒だったんじゃないのかい」

「嘘をついても始まりゃあせん。確かに拙は、昨夜は天竜斎先生とご一緒させていただいておりやした」

「センセイは、どんなふうにして、お亡くなりになったんだえ？」

「それが、拙にも、さっぱり……」

「えっ、なんで？　一緒にいたんだろう？」

「ところが旦那、拙がちょいと目を離した隙に、暗がりから走り出てきた悪党が、先生をブッスリと殺《や》っちまったんで」

「ほう？」

「拙が気づいてアッと叫んだその時にはもう、曲者《くせもの》は闇ン中でございやした。人相どころか、風体すら、はっきりとは見ちゃあいねぇんで」

「ふぅん」

　卯之吉は少しばかり首を傾《かし》げてから、別のことを訊ねた。

「天竜斎センセイが殺された理由《わけ》に、心当たりは？」

「なっ……」

　悌七が目に見えて慌て始めた。

「なっ、なんなんですかい、旦那さんッ！　まるでお役人みてぇに根掘り葉掘りと……！」

「ああ、いや、これはね――」

「南町のお役人にも同じことを訊かれやしたがね。拙はなんにも知りやせんぜ！　第一《でえいち》、天竜斎先生はお武家でござんしょう！　果たし合いだか敵討ちだか知らねえが、お武家のなさることに、拙のような太鼓持ち風情が、いちいち関わっちゃあいられやせんぜ！」

小さな目を精一杯に剝《む》き、口から泡を飛ばして訴える悌七を、卯之吉は無言でしばらく見つめていたが、ふいに立ち上がった。

「そうだろうね。つい物好きが過ぎて、亡くなった人のことを突っついちまった。こいつはとんだ野暮だ。しくじりだ」

卯之吉は懐から紙入れを取り出して、小判を二枚、懐紙に包むと、羽織の上に置いた。

「あんたもとんだ目に遭《あ》ったもんだ。これで清めの酒でも飲んでおくれよ」

「こ、こりゃあ……」

悌七は居住まいを改めて深々と低頭した。

「可愛がってくれた先生を、目の前で殺されちまったもんで、すっかり取り乱しちまいやした！　とんでもねぇしくじりは拙のほうでげす！　これ、この通り、お詫び申し上げます」

「いいってことさ。それじゃ、お大事にね」

卯之吉は銀八を促して外に出た。悌七も長屋の木戸まで見送りに出た。

そのまま通りを歩いて、通りの角を曲がったところで、卯之吉は背後を振り返った。

「追けて来ていないよね？」

銀八はひょっとこのような顔で首を傾げた。

「追《つ》ける？　誰がでげすか」

「悌七さんだよ」

卯之吉は四つ角までちょっと戻って、目だけを出して様子を窺《うかが》った。

「よし、悌七さんは長屋に入ったようだ」

銀八はますます不可解そうな顔をした。

「何をなさっているんでげすか」

卯之吉は銀八を引き寄せて、その耳元で囁いた。

「悌七さんは、天竜斎センセイが殺されたわけを知ってる」

「えっ……？」

「それでもって、次に殺されるのは自分だと思ってる」

「ええっ」

「あのお人は高飛びをするつもりだよ。見たかい、銀八」

「えっ、見たって、なにを？　それにどうして、高飛びをするってことがわかるんでげすかい？」

卯之吉は（そんなこともわからないのか）と言わんばかりの呆《あき》れ顔をした。

「お前は家で、湯呑茶碗を柳行李に入れておくかい？」

銀八はちょっと考えてから答えた。

「いいえ。あっしの長屋では、湯呑茶碗は茶箪笥に入れとくでげす」

「あたしの家だって同じさ。だけど悌七さんは、湯呑茶碗を柳行李に入れておいた。しかも反故紙に包んでた。これは江戸を離れる用意に違いないよ。大事な家財道具を荷物に纏《まと》めて、すぐにも発てるようにしてあるんだ」

「あっ！　なるほど！　って、それなら悌七をどうしやしょう」

卯之吉は少しばかり真面目——に見えなくもない顔つきで思案してから、答えた。

「悌七さんは小太りだが健脚そうだ。あたしやお前の足では、追いかけっこは無理だろうね」

銀八はパチンと両手を打ち鳴らした。

「そういうことなら、荒海一家がうってつけでさぁ」

「うん。赤坂新町《あかさかしんまち》までひとっ走りして、親分さんたちを呼んできておくれ」

四

ちょうど日暮となり、あたりが薄暗くなった頃、銀八と三右衛門、それと、足の早い子分たち数名が、悌七の長屋の前までやってきた。

「おう、ここか」

三右衛門が鋭い眼光で長屋の木戸を睨みつける。銀八は、長屋の奥の方を覗きこんだ。

「若旦那はいねぇでげす……」

寒さに弱くて無責任な卯之吉のことだ。一人で屋敷に戻ってしまったのかも知れない。

長屋の狭い路地は宵闇に包まれている。そこかしこの障子戸が、屋内からの明かりで照らされていた。

「ちょっと待っていておくんなさい。あっしが見てくるでげす」

銀八は身を低くして路地の奥に入って行って、すぐに戻ってきた。

「悌七さんは、まだいるでげす。灯《ひ》がついているから間違いねぇでげすよ」

三右衛門は首を横に振った。

「それはどうだかわからねぇぞ。夜逃げをするヤツってのは、行灯《あんどん》を灯したまま抜け出すものと相場が決まってる」

三右衛門は長屋の木戸の横にあった天水桶を一つ摑《つか》み取ると、中の水は溝《どぶ》の中に捨てた。

「何をするんでげすか」

「まぁ見てろ」

三右衛門は空になった桶を、思い切り長屋の路地に蹴り込んだ。ガランゴロンと凄《すさ》まじい音をたてて、桶が奥まで転がっていった。

「誰だい」

どこかの部屋から女房の声がした。障子戸が次々と開いて住人たちが顔を出した。

「おい、この場は誤魔化せ」

三右衛門に命じられた銀八は、咄嗟《とっさ》のことでどうすればいいのか見当もつかず、とりあえず、

「ニャ、ニャァオ」

猫の鳴き真似をしてみた。

しかし、あまりに下手くそな鳴き真似で、本物の猫だとは思えない。しかも声を出したせいで銀八が隠れていることまで知られてしまった。

「なんだなんだ、手前ェは」

体格の良い職人ふうの男が飛び出してきた。

「酔っぱらいの悪戯《いたずら》か？　とっちめてやる！」

銀八は慌てた。

「ちょ、ちょっと待っておくんなさい！」

長屋の女房たちまで、すりこぎ棒を構えて迫ってきた。

「職人は朝が早いから、夜も早くに寝つくんだ！　人の亭主が寝ついたところを邪魔しやがって、承知しないよ！」

「あわわわ……！」

後ずさりしようとしたところで、後ろから三右衛門が銀八の袖を引っ張った。

「悌七って野郎は、部屋から出てきやがったか？」

「えっ」

銀八は迫り来る長屋の住人たちの向こうに目を向けた。

「障子戸は、閉まったままでげす」

「畜生ッ、やっぱりか！」

三右衛門は銀八を突き飛ばして路地に踏み込んだ。

「南町の八巻様の手のモンだ！　御用の筋で検めるッ、どきやがれッ」

長屋の者たちを一喝すると、さすがは俠客の大親分である。気迫に打たれた長屋の者たちが一斉に後退した。

三右衛門は奥へ走ると、

「ここだなッ？」

銀八に確かめてから、障子戸に手をかけた。

「南町の八巻様の御用だ！」

思い切り障子戸を開けた。

「やっぱり、蛻《もぬ》けの殻だ！」

舌打ちしながら駆け戻ってきて、たまたま近くに立っていた男の襟首を締め上げた。

「悌七はどこへ行きやがったッ！　吐けッ」

首を締められた男は、顔を青くしたり、赤くしたりした。

「しっ、知りやせん……ゲホッ」

「誰か、知ってるヤツぁいねぇのか！」

長屋の一同に目を向けるが、皆、蒼白な顔を横に振るばかりだ。

その様子を銀八が木戸の外から見ていた時、その後頭部に小石が投げつけられてきた。

「誰だい、悪戯《いたずら》をするのは」

振り返ると、着膨れしたうえに山岡頭巾を被った卯之吉が、通りの隅に立っていた。

「あっ、若旦那」

卯之吉は「シッ」と言って口をつぐむように命じると、手招きをした。銀八は急いで駆け寄った。

「銀八、悌七さんは下谷《したや》御成道に向かった。きっと日光街道を北へ逃げるつもりだ」

「それを見届けてくださったんですかい」

「早く親分さんに報せておくれ。あたしは八丁堀の屋敷で首尾を待ってる」

卯之吉は四つ角に姿を消した。

銀八は長屋に戻ると、無闇矢鱈《やたら》に長屋の者たちを締め上げている三右衛門の袖を引いた。

「若旦那からの繋《つな》ぎが届きやしたでげす。悌七は日光街道を逃げたようでげす」

「なにっ、するってぇと千住へ走ったってことか！　こうしちゃあいられねぇ！　おいッ、野郎ども！」

三右衛門は子分たちを引き連れて、北へ向かった。

「夜分にえらいご迷惑様でございましたでげす……」

銀八だけが一人で恐縮し、何度も何度も腰を屈めて低頭してから、荒海一家の後を追った。

三右衛門と子分たちは必死の形相で走り続けた。江戸町奉行所の管轄は千住大橋の手前までだ。橋を越えられてしまったら、町奉行所同心の手下であっても、悌七を捕まえることはできない。

下谷御成道を走り抜け、寛永寺《かんえいじ》門前の広小路を横ぎる。黒門の前で東へ折れて、その先の角でさらに北東へと向きを変える。上野山下の一帯は日光街道の旅人や上野寛永寺の参詣客で賑わう場所だが、日没後なので人通りは少ない。

寛永寺を守護する上野の山役人を横目で見ながら、車坂門（寛永寺の門の一つ）の前を駆け抜けた。車坂町の通りを、千住目指してひた走った。

上野の山が左手に黒々とそびえ立って見える。ますます人気が乏しくなってきた。千住の宿場は遊廓を兼ねていたが、この寒空では遊女の元に通う男たちの姿もない。

走りながら三右衛門は、重大なことに思い当たった。

（オイラは悌七って野郎のツラを知らねえ）

それどころか、年格好もわからない。

「銀八ッ」

振り返ったが、銀八の姿はどこにも見当たらなかった。銀八の足は極めて遅い。荒海一家の健脚について来れなかったのだ。

（あのグズ野郎ッ）

今もヨタヨタと滑稽なガニ股で走っているのに違いない。三右衛門は頭に血を上らせた。

「こうなりゃあ、手当たり次第だ！」

街道の先に、旅姿の男が三人ほど見えた。

「やいっ、悌七ッ！　待ちやがれッ」

三右衛門は塩辛声を張り上げた。しかしその三人は——多少は驚いた様子であったけれども——不思議そうに振り返っただけであった。

（違うな、コイツらの中に悌七はいねえ！）

三右衛門はそのまま三人の横を駆け抜けた。子分たちも後に続く。旅人三人は、目を丸くして侠客一家を見送った。

三右衛門はさらに走った。上野の麓は寺町で、塔頭《たっちゅう》寺院が密集していたが、それらの寺も次第に途切れて、在郷の田畑が広がり始めた。根岸の侘《わび》住まいという謂《いい》で知られた根岸の一帯は、確かに侘しい土地柄であった。

田畑の中を道が真っ直ぐに走っている。遠くに見える町明かりは、きっと千住の宿場であろう。

真っ暗な街道にポツンポツンと常夜灯が灯っている。か細い列を作って揺れる火影《ほかげ》がますます寂しさを募らせる。

「あっ、あいつは」

遠くの常夜灯の前を、一人の旅人が横ぎった。一瞬だけ明るく、その姿が照らし出されたのだ。

銀八ほどではないものの、滑稽に見える足どりだ。踊りの芸を身につけた者に特有の足運びだと思われた。少なくとも、商人や武士は、あんな歩き方はしない。

（野郎が悌七だなッ）

決めつけると三右衛門は、ますます意気込んで足を速めた。みるみるうちに男の背中に近づいた。

「悌七ッ、待ちやがれッ」

男が振り返る。その顔が恐怖に引きつっていた。名前を呼ばれて即座に反応して驚愕《きょうがく》したのだ。悌七に間違いないと三右衛門は確信した。

悌七は悲鳴を上げて走りだそうとした。しかし、勢いをつけて走ってきた一家の者たちを引き離すことはできなかった。

子分の一人が躍りかかって押し倒す。倒れた悌七の背中に馬乗りになった。さらには次々と子分たちが折り重なった。悌七は必死にもがいたものの、ヤクザ者たちを振り払うことはできなかった。

「面倒をかけやがって！」

三右衛門が腰から下げてきた捕り縄の束を解いた。縄をしごくと悌七を雁字搦《がんじがら》めに縛り上げた。

五

「旦那ッ、一ノ子分の三右衛門が、悌七をお縄にかけて参《め》ぇりやした！」

大声を張り上げながら、三右衛門が台所口から入ってきた。卯之吉はソワソワと座敷に戻って、そこに座る人物に囁きかけた。

「やってきましたよ。どうやら悌七さんを捕まえたようだ。それじゃあ、手筈《てはず》通りに頼みましたよ」

座敷には黒羽織の同心姿に着替えさせられた美鈴が座っていた。不満そうに唇を尖らせて卯之吉に目を向けた。

「どうしてわたしがこのような真似をせねばならぬのですッ」

卯之吉は困り顔で答えた。

「だって悌七さんはあたしの顔を見知っていますもの。三国屋の放蕩息子が、同心様のお姿で現われるわけにはいかないでしょう」

「旦那様が夜遊びをやめないから、こんなことになるのですっ！」

「はいはい、お小言は重々身に沁みましたから、今夜のところは、お願いいたしますよ」

美鈴は黒羽織の袖を広げて、悩ましげに見つめた。

「こんなお役は由利之丞《ゆりのじょう》にでも任せれば良いのです」

「由利之丞さんの陰間茶屋まで呼びに走らせる暇も、走らせる銀八もいなかったのですから、仕方がありませんよ」

台所から三右衛門の呼ぶ声が聞こえてくる。

「はいはい。只今」

商家の丁稚《でっち》のような声で答えると、卯之吉は美鈴を立たせて、背中を押した。

「台所には風除けの屛風を立てておきましたから、三右衛門さんには美鈴様のお姿は見えません。悌七さんにはあたしの姿が見えません。問い質《ただ》すのはあたしがやりますから、美鈴様は口だけ合わせていてくだされば結構です」

「わたしは文楽人形ではございません！　旦那様の声に合わせて唇だけ動かすような、そんな器用な真似はできませせぬ」

「いいから、早く早く」

卯之吉は無理やりに美鈴を台所へ引っ張っていった。

卯之吉は柱と壁の陰からちょっとだけ顔を出して、土間の様子を窺った。確かに悌七が縄付きで座らされている。三右衛門が得意気に胸を反らせて縄尻を握っていた。

「荒海の親──じゃなかった、三右衛門、三右衛門」

卯之吉は小声で三右衛門を呼んだ。それに気づいた三右衛門は、縄尻を銀八に預けて、歩み寄ってきた。

「なんですね、旦那。そんな所からこっそりと顔なんかお出しになって」

「うん。これからあたしが出て行くからね。そうしたら三右衛門は、あの屏風の陰から、悌七さんの顔色を良く見守っていてほしいんだ」

「へい。野郎が脅えたり、焦ったりするところを見逃すな──ってぇお指図ですな」

「そういうこと。頼んだよ」

卯之吉は壁の向こうにいったん引っ込んだ。

「それじゃあ、美鈴様、頼みましたよ」

美鈴は最早どうにでもなれという顔つきで頷いた。卯之吉のために役に立ちたいという一心で、押しかけてきたのだ。卯之吉のおかしな行動も、支えてやらねばならない。

「ウォッホン。待たせたな」

卯之吉がわざとらしい声を上げた。美鈴は背筋を反らして、台所の一段高い板敷きに踏み出して、その真ん中辺りに座った。凛然《りんぜん》とした姿と、堂々たる行歩は、卯之吉などよりよほど辣腕《らつわん》同心らしく見えた。

台所の行灯は極めて暗い。女人であると見定められる心配はなさそうだ。

悌七は三和土《たたき》の上で、額がつくほど土下座している。その隙に卯之吉は、屏風の陰へと移動した。

美鈴が座った場所は、悌七からは見えるけれども、三右衛門からは見えない。

卯之吉は（よしよし）と満足した。

「面をあげよ」

卯之吉は命じた。同時に美鈴が口をパクパクさせる。美鈴はあくまでも生真面目な性格なのである。

悌七は顔を上げたようだ。卯之吉の場所からはまったく見えないが、そういう気配が伝わってきた。

「南町の八巻様、江戸三座の看板役者にも引けをとらねぇお美しさだと評判でございますが、なるほどこれは、お美しい」

悌七は幇間らしい図々しさで、臆面もなく褒めそやしてきた。職業柄か、考えるより先にお世辞が出てきてしまうようだ。

「やいっ、真面目にやれ」

すかさず三右衛門が叱りつけた。

「おかしな物言いをすると容赦《ようしゃ》しねぇぞ」

「へぇい」

情けなさそうな悌七の声がした。

「さて、悌七よ。そのほうに問う」

卯之吉は声を上げながら、(はて? あたしはどうしてこんな物々しい言葉づかいをしているのですかねえ?)と、不思議に思った。

(これじゃあまるで、本物のお役人様みたいですよ)

美鈴が同心らしく見えるようにと配慮しているわけだが、

（ま、こういう口調で語りだしちゃったんですから、このまま進めるしかないでしょうねえ）

役人らしく振る舞わなければならないのは美鈴だ。卯之吉本人はいたって気楽であった。

「そのほう、天竜斎雷翁の死に様について、なんぞ、心当たりがあるようだな？」

「えっ……」

悌七の動揺しきった声が聞こえた。卯之吉は畳みかけた。

「知らぬとは言わせぬぞ」

美鈴が声に合わせて口を動かす。なんのかんのと言いながら、いつの間にかその気になっているようで、眼光を鋭くさせて悌七を睨みつけていた。

「そのほうは天竜斎が殺されたわけを存じておろう。そして次に狙われるのは自分だと知っていたのだ。だから江戸から離れようとした。違うか」

「い、いえ、その、お役人様、けっしてそのような――」

「黙れ！　それならば、なにゆえ江戸から逃れようと図ったのか」

「そっ、それは……」

「天竜斎を殺した下手人が、襲ってくると思ったのではないのか」

「そのほうが正直に白状いたすのであれば、お上にも慈悲はある。そのほうの身を守ってやってもよいぞ」

「そりゃあ、確かに、牢屋敷に入れて置いてもらったほうが、かえって無事ってもんかもしれやせんけれど……」

今度は三右衛門の罵声が響いた。

「何をブッブッと言っていやがる！　うちの旦那の評判は耳にしていやがるだろう！　江戸で五本の指に数えられようかってぇヤットウ遣《つか》いが、もったいなくも手前《てめ》ェを守って下さるって言っていなさるんだ！　やいっ、うちの旦那に守ってもらいてえのか、それともこのまま表にほっぽり出されて、天竜斎を殺した曲者が来るのを待つのがいいか、とっくりと思案しやがれ！」

「へっ、へいっ」

凄みを利かせた三右衛門に畳みかけられれば、しょせんは幇間。抗しきれるものではない。

「恐れ入りやした。何もかも、白状いたしやす」

震え声ですっかりと観念してしまった。

「あれは、ほんの五日前ェのことでござんした。その日は寒さの中休み、小春日和ってヤツでして、夜歩きもそんなには、苦にならねぇですみやした。天竜斎先生は、いつものように俳諧の席に呼ばれやして、旦那方を好き放題に腐していらっしゃいやした」

三右衛門が質す。

「悪たれ口を叩いていたんじゃ、さぞかし敵も多かろうぜ。そうやって憎まれて、ついには殺されちまったってわけかい」

「いいえ」

悌七が慌てて否定した。

「天竜斎先生は、あれでなかなかの智慧者《ちえ》でございまして、貶《けな》しているようで褒めている。叱っているようで笑わせているという、なんともおかしな芸をお持ちでございましてねぇ。それに、俳諧の腕のほうは折り紙付きでござんすから、叱られたほうも、よくぞ叱ってくださった――てぇなもんでして」

「叱られて嬉しい、だと？」

「へい。添削も、上の段と下の段に分けてありやす。下の段の下作には、頭から無視して何も言わない。先生に貶されるのは上作だけなんで。『犬の糞より値打ちのない下手な歌を詠《よ》んできたあんたも、せめて人の糞ぐらいには、良い歌を詠めるようになってきた』ってな塩梅《あんばい》で」

「ひでぇ物言いだ。俺だったらぶん殴ってる」

「そこが人徳ってヤツなんですかねぇ？　『あんたの歌は糞みたいな臭《にお》いがするが、なにも臭ってこないよりはずっとマシだ。なにしろ気になって仕方がない』なーんて言われると、すっかり良い心地になっちまうって寸法で」

「とんだ馬鹿野郎どもだ」

「へい。拙もまったく同感でやす」

悌七は真面目な顔で頷いた。

「それに、天竜斎先生はなかなかの物知りでもございましたからね。本草学も蘭学も、よく諳《そら》じておられやしたし、頓智《とんち》もかなりのものでしたよ。あの悪口にさえ辛抱できれば、お座敷のお供にはうってつけでございやしたねえ」

「ふん、御家人の身分で、先生なんて呼ばれていても、やってることたぁ幇間と変わりがねぇな」

「親分の仰る通りでございやす」

三右衛門は天竜斎を貶したつもりだったのだが、悌七は自負心をくすぐられたようであった。

卯之吉は屏風の陰から訊ねた。

「それで、なにゆえ天竜斎は、殺されたのか」

「はい、そこでございやす」

悌七はゴクリと唾を飲んだ。その音が屏風の裏にまで伝わってきた。

「あの御方は、おそらく、天竜斎先生の博識と頓智を聞きつけてこられたのだと思いやす……」

（あの御方？）

卯之吉は耳をそばだてた。

六

夜四ツ（午後十時ごろ）を過ぎて、俳諧の会とそれに伴う宴席がようやく引けた。天竜斎は暗い夜道を通って、本所南割下水にある屋敷に戻ろうとしていた。

「まったく下らぬ！　軽佻浮薄《けいちょうふはく》の馬鹿者揃いだ！」

宴席からの帰り道、天竜斎は慷慨《こうがい》の士へと変わる。

「世が世であればこのわしは、上様の馬前に侍《はべ》る武者！　腸《はらわた》の腐れきった町人どもなど、一刀の下に成敗してくれようものを！」

などと憤ったところで、今は金が物言う世の中である。戦がなければ武士は必要とされない。それがわかっているからこそ天竜斎は、幇間まがいの文芸で、金持ちたちのご機嫌を取っている。

その現実が悔しくてならず、いつもこうして夜道を歩きながら、悲憤しているわけだ。そうでもせねば、己の立場の腹立たしさを紛らわせることができないのであろう。

お供で夜道を歩く悌七は、慣れっことはいえ、いささか呆れ果てる思いだ。そんなに武士の矜持が大切なのなら、矜持を胸に、腹でも切ってしまえば良い。そうすれば高潔な魂を守ることができるはずだ。ただし、死んでしまうけれども。

（この旦那、武士を捨てて幇間になりきっちまえば、江戸で一、二の売れっ子になれるだろうになァ）

これだけの智慧と頓智があれば怖いもの無し（幇間として）のはずだ。

（なまじ武士の家なんかに生まれちまったばっかりに、とんだ宝の持ち腐れだ）

悌七は一人の幇間として、天竜斎の才を惜しまずにはいられなかった。

深川から本所へ帰るには何本もの橋を渡らなければならない。本所深川の低地には大小のおびただしい水路が掘られていたからだ。

竪川《たてかわ》に、二ッ目之橋という橋が架かっていた。二人がその橋を渡りきった、まさにその時であった。

「もうし、そこを行かれるのは、天竜斎先生ではございませぬか」

と、声を掛けてきた者がいた。

なにしろ深夜である。悌七はギョッとして、手にした提灯《ちょうちん》を突きつけた。提灯の明かりに照らされて、一人の武士の姿がボウッと浮かび上がった。

その武士は、深夜だというのに頭巾を被っていた。防寒のためであろうか。しかし江戸では、夜中に被り物をすることは禁止されている。闇の中で顔を隠している者は曲者と疑われても仕方がない。そもそも夜中に出歩く武士自体が、正直ろくなものではない。悌七の目には、武士の腰に差さった刀がなんとも剣呑《けんのん》に見えた。

しかし、生まれついての武士である天竜斎にとっては、さほど奇異とも思われぬ姿であったようだ。

「拙者をご存じの御方かな」

なんの警戒もしていない口ぶりで、問い返した。

頭巾の男は、路上で微妙な距離を隔てたまま、答えた。

「はい。先生のご高名——なかんずくその博識に、日頃より敬服いたしておる者にございまする」

男は頭巾のまま低頭した。頭巾を取らないのは無礼だが、実に恭《うやうや》しげに頭を下げられたことが、天竜斎の自尊心を心地好くくすぐったらしい。普段は町人相手の幇間もどきで日銭を稼いでいる身分だ。同じ武士から「先生」などと持ち上げられるのは、よほど嬉しいことだったに違いない。

「それから、どうなったんだい」

三右衛門が質した。悌七は「へい」と答えて、話を先に進めた。

「そのお武家様は、天竜斎先生を盛んに褒め上げやして、ずいぶんと良い気分にさせてから『実は、先生のお智慧を拝借いたしたく』などと申し出てこられたんでございますさぁ」

「天竜斎は、なんて答えたんだい」

「はぁ、『武士は相身互い』などと仰せになりやして」

「ノコノコとついていっちまったのかい、その夜はじめて会ったってぇ野郎に」

「はぁ……。先生にはちょっとばかり常人とは異なる、おかしなところがございましたからねえ」

「武士の家に生まれたくせに幇間なんかをやってんだ。そりゃあおかしな野郎には違いあるめえよ」

「ええ、そういうこってす。……それでまぁ、ついていっちまったんですよ」

「どこへ引き込まれたんだ。料理茶屋か。それとも船宿か」

「それが、拙にも、よくわからねえんで」

「馬鹿野郎！　手前ェは幇間じゃねえか。江戸中ぜんぶの茶屋や船宿を諳じていなくちゃ務まらねえだろう！」

「ですから、茶屋でも船宿でもなかったんで……。あれはおそらく、お武家様のお屋敷でございましょうねぇ」

　武家地に誘い込まれたのであれば、幇間が地理を見失ってしまっても不思議ではない。幇間を呼ぶ武家屋敷などは存在しないから、武家地は幇間の知識の中に入っていないのだ。

「そこにはいくつものお屋敷が建ち並んでおりやしたが、拙も初めて踏み込んだ場所で、おまけにお武家様のお屋敷は、どれも似たような門構えでございやしょう？　夜中だったことも手伝って、どこのお屋敷だったのか、さっぱり見当がつかないのでございやすよ」

「それで、手前ェは天竜斎と別れて、一人で帰って来たってわけか」

「いいえ、拙もお屋敷に――」

「なんだって幇間が、武家屋敷に上がり込むんだよ」

「へい。天竜斎先生としましては、拙のことは、ご自分のお屋敷で雇っている小者ってことにしておきたかったのでございやしょう。幇間を連れ歩いているお武家様なんて、外聞が悪いじゃございやせんか」

「なるほどな」

「天竜斎先生は、座敷に上がり込んで、お酒を御馳走になりやした。拙も廊下でご相伴に与《あずか》ったんですがね、あれはずいぶんと安い酒でございやしたなぁ」

「御馳走になっておきながら、ケチをつけるもんじゃねえ。口が曲がるぞ」

「仰る通りで。それでまぁ、そのお武家様が、先生に思いがけない話を持ちかけたのでございやす」

「思いがけない話だ？」

「へい。拙も長いこと幇間をやっておりやすが、こんな話はとんと聞いた覚えがございやせん」

「湯船を盗み出してくれだと？　湯船とは、湯殿に置いてある湯船のことか」

天竜斎の訝《いぶか》しげな声が、廊下に座った悌七の所まで聞こえてきた。

「貴公、ふざけておられるのか」

「いえ、決してそのような……。お腹立ちとあらば、お詫びいたす」

謎の武士が頭を下げた気配がした。頭巾は取っているのであろうが、廊下の障子越しに座った悌七は、武士の面相を拝むことができない。二人の会話から座敷の様子を窺うしかなかった。

「拙者、この難題にほとほと困り果てており申して、噂に聞く天竜斎先生のお智慧に縋《すが》るしかないと愚考仕った次第にございます」

天竜斎はやや、機嫌を直した様子で問い返した。

「これは悪ふざけなどではなく、よほどの事情がおありだと、そう心得てよろしいのだな？」

「いっ、いかにも！　詳《つまび》らかには申せませぬが……」

「まぁ、よろしい。其処許《そこもと》のお家の事情に関わりがあるのだとしたら、あえて問い質しはせぬ。して、いずこの屋敷から、湯船を盗み出せと言われるのか」

「それは――」

ここで謎の武士が極端に声を低くさせたので、廊下で聞き耳を立てている悌七には聞き取ることができなかった。

囁き声を聞き取ったらしい天竜斎は、「ふん」と鼻を鳴らした。それから衣擦れの音がした。天竜斎が腕組みをしたらしい。

「い、いかがでござろう？　人の住み暮らす屋敷から湯船一つを運び出す。湯殿の窓は小さい。入り口の戸は母屋とつながっている。こんな難題を解く手だてがござろうか」

天竜斎はしばらく黙考した後で、

「なくもない」

と、答えた。謎の武士が息をのむ気配が伝わってきた。

「まことにござるか！　さすがは、智慧者と評判の天竜斎先生！　早くも方策をお立てなされるとは！」

天竜斎は、謎の武士を喜ばせておいてから、おもむろに訊ねた。

「しかして、礼金はいかほど頂戴できるのかな」

さすがに貧乏御家人だけあって世知辛い。しかし謎の武士は、そう言われることを予期していた口調で即答した。

「されば……、支度金を用意いたした」

天竜斎の前に金を広げて見せる気配がした。天竜斎は「うむ」と頷いた。

「して、首尾よく湯船を盗み出すことができた暁には……？」

「報酬として同額を用意させていただく」

天竜斎はまた、「うむ」と唸《うな》った。

「わしの策ならば、必ずや湯船を盗み出すことができようけれども、しかし、それには少しばかりの金がかかる」

「と、申されると？」

「手付けの分に、さらに支度金を上乗せしてもらいたい。もちろん、上手く事が運ばなかった場合には、全額お戻しいたす」

「はぁ……」

「それが飲めぬと言うのであれば、わしの話はなかったこととして、別の盗賊にでも当たられるがよろしかろう」

謎の武士はしばらく考える様子であったが、他に当てもなかったようだ。

「わかり申した。先生の策に縋《すが》るより他になく……」

「支度金は明日、深川の万金楼《まんきんろう》に持ってきてくれ。支度金が揃い次第、仕事に取りかかる。なぁに、上手く行けば半日もかからぬ。わしに任せておくが良い」

「……と言って、先生は、わけのわからねぇ話を受けておしまいになったんで」

三右衛門は舌打ちをした。

「欲に目が眩《くら》んだんだろうが、天下の御家人ともあろうモンが、よくもそんな悪事に関わったもんだな」

「さすがのあっしも、天竜斎先生が盗みを請け合うとは思わなかったんで、帰る道々、考え直すように申し上げやした。ところが先生は、盗みを働くつもりはない。真っ当なやり方でその湯船を手に入れるのだ。と、こう仰ったんです」

卯之吉は屏風の陰で首を傾げた。

「真っ当なやり方ねぇ？」

「へい」と答えて悌七が美鈴に目を向ける。美鈴は突然のことで慌てた顔をした。

卯之吉は悌七に訊ねた。

「それで、天竜斎センセイは、どうやって他人様のお屋敷の湯船を手に入れようとなさったんだい」

「へい。それから二日後の昼過ぎのことにございやす。拙は天竜斎先生に呼ばれやして。そん時はずいぶんと嫌な心地になったものでございやす……」

第三章　湯船二題

一

天竜斎は深川の外れにある船宿で待っていた。時刻は昼前、船宿は男女の逢引きだけではなく、普通の待ち合わせにも使われる。

どうやら天竜斎は謎の男からの支度金を受け取ったようだ。いつもより上等の羽織を着けて、座敷の真ん中に座っていた。

「おう、来たか」

悌七を斜めに見上げてニヤリと笑った。悌七は（こんな怪しげな話に関わっちゃならねえ）と思っていたし、この場で「お供はいたしかねやす」と答えようかとも思っていた。

しかしである。

（このセンセイは、いってえどうやって、でっかい湯船を盗み出すつもりなんだろうか）という好奇心も湧いてきた。天竜斎は智慧比べのつもりでこの仕事を引き受けたのに違いない。もしかしたら、今後何十年ものあいだ語り継がれるような大仕掛けになるのかも知れない。一人の幇間《ほうかん》としては、これを見逃す手はあるまい、という気持ちにもなるのだ。

結局のところ悌七は、好奇心に負けて、天竜斎の供をすることにした。

「これに着替えるのだ」

天竜斎が、座敷の隅に畳まれていた着物を指し示した。

「貴様は医者の薬持ちを演じるのだ」

着物の横には薬箱まで置いてある。いったいどこの古物屋で手に入れたのであろうか。薬箱の中身は空であった。

「ですがね、先生」

悌七はふざけた色柄の着物を脱いで、医者の弟子らしい地味な小袖に着替えながら言った。

「拙《せつ》には薬箱持ちの芝居なんか、できやしません」

「なぁに」

天竜斎は悠然と煙管を吹かしながら答える。

「しかつめらしい顔をして、わしの後ろに控えておればいい。このわしの姿が、薬箱持ちを引き連れて歩くほどの名医に見えれば良いのだ」

天竜斎は悌七が着替え終わったのを見て取ると、やおら、立ち上がった。

「六間堀町《ろっけんぼりちょう》だ。参るぞ」

悌七は薬箱を抱えると、天竜斎の後について船宿を出た。

本所六間堀町は、竪川と小名木川《おなぎがわ》を繋《つな》ぐ六間堀に沿って広がる町人地だ。この頃はまだずいぶんと寂しい土地柄で、豪商の寮などがポツリ、ポツリと建てられているばかりであった。

「ここだ」

天竜斎は一軒の仕舞屋《しもたや》の前に立った。悌七はその仕舞屋の屋根を見上げた。二階家で瓦葺《ぶ》きの、金のかかっていそうな造りであった。

仕舞屋とは〝店じまいをした店舗〟という意味である。江戸の町人は皆、店を構えていなければならない、という前提条件があったので、単に住み暮らすための家を建てることは許されない。そこで、「この屋敷は店じまいした店舗でございます。今は休業中ですが、いずれまた開店します」と言い訳しなければならなかった。それが町人の住居が仕舞屋と呼ばれる理由であった。

悌七は、(どうやら、盗み出さなくちゃならねえ湯船は、この仕舞屋にあるみたいだな）と、推察した。

チラリと横目で天竜斎の様子を窺《うかが》う。いったいどのようにして、一抱えも二抱えもある湯船を、家の者に気づかれることなく、担ぎ出すつもりなのか。

天竜斎はさすがに真剣な面持ちとなって、悌七に鋭い眼光を向けた。

「ここからは、何があっても一切口を利くな。医者の弟子らしい、したり顔をして、わしが何か言うたびに、小さく頷《うなず》いておれば良い」

悌七はゴクリと生唾を飲んでから、頷いた。

「では、参るぞ」

いきなり天竜斎は、その仕舞屋の枝折《しお》り戸を押し開けて、真っ向から敷地に踏み込んだ。そして格子戸の前に立つと、大声で訪《おとな》いを入れた。

「頼もう！　どなたか、おられぬか！」

大胆不敵な盗人である。悌七は度肝を抜かれてしまったのだが、ここはどうにか踏み止まって、天竜斎に言われた通りのしたり顔を、苦労して取り繕った。

すぐに、仕舞屋に使える老僕らしき男が顔を出した。

「なんでございましょうな？」

老僕は腰をかがめて会釈してから、訝《いぶか》しそうに天竜斎とその後ろに立つ悌七を見上げてきた。下総の農村から江戸に出てきて、雇われ者になったのだろう。言葉には下総の訛《なま》りがあった。

天竜斎はいよいよ偉そうに、傲然《ごうぜん》と胸を張った。

「わしは、とある大名家で通い医師を勤める、和気《わけ》ノ天竜と申す者だ」

和気家は平安時代から帝や公家に仕えてきた医師の名門一族だ。もちろん、ハッタリをかますのが目的の偽名である。通い医師とは、重病人が出た際に大名屋敷に呼ばれて駆けつける医者のことだ。御殿医よりは一格落ちるが、御殿医ならば駕籠《かご》を仕立てているはずだから、御殿医を名乗ることはできないので、あえて通い医師を騙《かた》ったのであろう。

仕舞屋の老僕が、和気の名前と格式とを知っていたとは思えない。老僕はますます訝しげに、天竜斎を見つめた。

「お偉いお医者様が、いってぇなんの御用でございましょう」

天竜斎は「うむ」と頷いてから、やおら、屋敷の奥の方に目を向けた。

「この仕舞屋に、珍奇なる薬種があるはずだ」

「ヤクシュ？」

「薬の元となる物だ」

「へい？　薬草とか、そういう類にございやすか」

「通り一遍の薬草や薬石などではないぞ」

天竜斎は鼻を四方の空中に向けて、クンクンと鳴らした。

「この薬臭、ウム！　人膏木《ジンコウボク》があるに相違なし！」

「じ……？　なんでございます？　この年寄りにもわかるように仰ってくだせえ」

天竜斎はしたり顔で大きく頷いた。

「教えてやろう。ジンコウボクとは、人の膏《あぶら》の木――」

「人の膏！」

老僕が血相を変えた。背後に逃れようとして足をもつれさせ、真後ろに尻餅をついた。

「ヒイッ！　お、お医者さんは、人の膏取りでございましたか！」

「ちっ、違う！　慌てるな」

膏取りとは、子供などを誘拐して殺し、その膏を搾《しぼ》り取るとされている怪人、あるいは妖怪のことだ。大騒ぎされて役人など呼ばれては台無しである。天竜斎は慌てて答えた。

「何も、人を殺してその膏を抜こうとしておるのではないッ。そのような悪事を企んでおるのなら、真っ昼間に正面から乗り込んだりはせぬ！」

「はぁ……」

確かに日は高いし、通りには人も歩いている。老僕は気を取り直して立ち上がった。天竜斎は渋面で言い聞かせる。

「人の話は最後まで聞け。人膏木とは、人の膏が染みこんだ木のことだ」

「そりゃあいってえどんな物で？　どんな次第で人の膏が木に染みこむと仰るんです？」

「左様。まず第一には湯船だな。老体、この屋敷には湯船があろう」

「いえ、そんな、滅相もない」

老僕が急いで否定したのには理由がある。江戸は火事が多い町なので火の気がなによりも恐れられている。町人風情が内湯を構えることは、防災の面から見ても拙《まず》いうえに、身分不相応の奢《おご》りでもある。取り締まりを受ける対象であったのだ。

天竜斎は声をひそめた。

「わしらは役人ではない。良き薬種を求める医師じゃ。どこの誰が湯殿に湯船を据えていようが、そんなことはどうでもよろしい」

「はぁ」

「わしはその湯船、すなわち人膏が染みついた木を求めておるのだ。無論、只でくれとは申さぬ。こちらの湯船を譲ってくれるのであれば、相応の代金を支払う用意はあるぞ」

「ははぁ……、そういうお話でございましたか」

老僕は、ようやく納得した。

当時の漢方医学では、人体は最上級の薬種になると信じられていた。斬首された咎人《とがにん》の腹から肝を取り出して薬にしたり、遠くエジプトのミイラが輸入されたりもしていた。

そういう時代であったから、湯船の板を買い求める医者や薬種問屋があっても不思議ではないのだ。

「だども」と、老僕は顔を上げた。

「そのようなお話は、手前の一存じゃどうにもなりゃしませんので。主《あるじ》に訊《き》かねえことには、ご返答もできませんので」

「無論じゃ。当方は二両、出しても良いと思っておる。その旨をよろしく伝えておいてくれ」

「にっ、二両！」

老人は目を丸くさせた。

二両もあれば、この老僕の暮らしぶりなら、二年は遊んで暮らせる。扶養家族があったとしてもだ。

「そっ、そのジン——なんとかってぇ薬種は、そんな高値で売れるものなのでごぜぇますか！」

天竜斎はしかつめらしい顔つきで答えた。

「無論のこと、ただの湯船では話にならぬ。汚らしい町人どもが大勢浸かる湯屋の湯船などは論外だ。フム……」

天竜斎はまたもクンクンと鼻を鳴らした。

「こちらにお住まいの御方は、貴人の相をお持ちのようじゃな」

「貴人……」

「高貴な相をもって生まれたお人のことだ。稀にそういう人物がおる。うむ、間違いないぞ。この屋敷には貴人の相が漂っておる。わしにはわかる！」

老僕が突然に黙り込んだ。なにやら不穏な顔つきで天竜斎を見つめている。

しかし天竜斎は己の弁舌に酔っていた。老僕の表情の変化には気づかない。

「かような次第でな、こちらの湯船を譲り受けたいのだ。伝言をしっかりと頼んだぞ。また明日、参るのでな」

天竜斎は老僕の手に十二文ばかりの銭を握らせた。使いの駄賃は十二文と相場がきまっている。

天竜斎はいたって機嫌良く、仕舞屋の前を離れた。悌七も後に続く。道の角を曲がる時に振り返ると、老僕が茫然《ぼうぜん》と突っ立って、見送っているのが見えた。

「どうだ悌七、わしの策は」

天竜斎が鯰髭《なまずひげ》を生やした口許を緩めて笑った。悌七は（この先生は、笑うと途端に卑しい顔つきになるな）と感じた。

天竜斎はせせら笑いながら続けた。

「古い湯船一つが二両になると知れば、主は喜んで手放すであろうぞ。これで湯船はわしの物だ。盗みに入る手間などいらぬし、のちのち役人の姿に脅えて暮らすこともない」

確かに、これは犯罪ではない。立派な商取引だ。

「しかし先生」

「なんだな」

「湯船が二両で売れると知って、他の薬種問屋に持ち込まれたら、どうなさいます」

「何を言っておる」

天竜斎は呆《あき》れ顔になった。

「持ちこんだとて買い取ってもらえるわけがなかろう。古くて汚い湯船を買い取るような物好きはわしだけじゃ」

「あっ、なるほど。先生以外には誰にも売れないんだから、横流しされる心配もいらねえってことですね」

「そういうことだ」

天竜斎は冬空に高笑いを響かせた。

「それでどうなったえ？　天竜斎センセイは、首尾よく湯船を手に入れなさったのかえ」

いつの間にやら普段の口調に戻った卯之吉が、屏風の陰から訊ねた。悌七は「それなんですが」と浮かない口調で答えた。

「その日の夜、天竜斎先生はあるお大尽様のお座敷に呼ばれまして――」

「あるお大尽ってのは、誰のことでぃ！」

すかさず三右衛門が締め上げる。

「か、勘弁してくだせぇッ。お座敷内のことを人に漏らしたりしたら、あっしを座敷に呼んでくださる旦那は、一人もいなくなっちまいやす」

「知ったことか！　こっちは御用で訊いてるんだ」

「そのお大尽様は、殺しにはなんの関わりもないお人なんで」

「そんなこたぁ、どうだかわからねえ！」

卯之吉は「まあまあ」と取りなした。

「そのお大尽のことは、ひとまず置いておこう。それで、お座敷に呼ばれた天竜斎センセイはどうなすったえ」

「へい。お大尽様が待つ料理茶屋に向かう途中、暗がりから突然飛び出してきた曲者《くせもの》にバッサリと……。そこらあたりの話は、南の同心様方に話した通りにございますよ」

卯之吉は初耳だ。南町奉行所では同心としてあてにされていないし、卯之吉本人も昼寝ばかりしている。だからその話には通じていない。

しかし卯之吉は対外的には、南町きっての辣腕《らつわん》同心だということになっている。悌七も三右衛門も、そう信じているはずだ。卯之吉は何もかも飲みこんでいるような素振りをしなければならなかった。

「ようし、わかった。あんたの話は腹中に納めたよ。——銀八、悌七さんを大番屋の牢に送り届けておくれ」

「へい」と答えて銀八は悌七を縛った縄を引いた。

悌七の不可解そうな声が屛風の向こうから聞こえてくる。

「銀八さん、あんた、どうして八巻様のお屋敷に？　なんだって罔っ引きみてえな真似事を？」

「いいから、とっとと行けッ！」

三右衛門にどやしつけられて、悌七は慌てて台所口から出ていった。

卯之吉は美鈴に向かって手を振って、奥に戻るように伝えた。美鈴が足音を忍ばせて立ち去った後で、屏風の陰から顔を出し、三右衛門を差し招いた。

「夜分にご苦労だったね」

三右衛門は、卯之吉が上段に座って詮議していたように感じていたはずだ。

「へい、恐れ入りやす」

「悌七さんを捕まえてくれたお陰で、だんだん話が見えてきた」

「そいつぁ頼もしい。さすがの御眼力だ」

「そこでだね、その湯船が置かれているという仕舞屋を、悌七さんから聞き出して、そこにどなたが住んでいるのか、調べてきておくれじゃないか」

「へい、任せておいておくんなせえ」

「仕舞屋に住んでいる人たちには気づかれないようにやっておくれ」

卯之吉は懐の紙入れを取り出した。先日、料理茶屋に預けた紙入れとは別のもので、同じように分厚く小判が詰め込まれている。小判を鷲掴《わしづか》みにして取り出して、ごっそりと三右衛門に握らせた。

さすがの大親分が驚愕《きようがく》して目を見開いた。

「な、なんですかい、この大金は！」

「ここしばらくの間、只で子分さんたちを使っていたからね。溜まっていた駄賃のツケだよ」

「こんな大金のツケ払いなんて、聞いたことも見たこともねぇ！」

「ま、とにかく頼んだよ」

「とりあえずは、お預かりしときやすが」

卯之吉という男、いったん出した金は絶対に引っ込めない。その気性を知っていたので三右衛門は仕方なく、懐に納めた。

「情けねぇ。この三右衛門が、腹の震えを抑えきれねぇ」

「うん。小判は冷たいからねぇ」

「いや、そういうことじゃなくって」

「とにかく頼んだよ。この件にはお侍様が関わっているみたいだね。しかも天竜斎センセイを闇討ちにするほどの腕利きもいるようだ。身辺には十分に気をつけておくれよ」

「へい。合点だ。侍なんぞに後れを取りはしやせん」

三右衛門は勇躍走り出そうとして、うっかり懐から小判を落としたりしたら大変なので、抜き足差し足、歩きだした。

「まったく調子が狂っちまうぜ」

などと思わずボヤいた。

卯之吉は三右衛門を見送ると、奥座敷へと向かった。

いそいそと着替えをしていると、両目をギランと光らせた美鈴が顔を出した。

「……どちらへお出かけでございますか」

卯之吉は鼻唄でも歌いだしそうな顔つきで答えた。

「深川の八幡様の御門前へ」

「また夜遊びにございますかッ！」

卯之吉は飛び跳ねた。

「おお、驚いた。なんですね、大声なんかお出しなさって」

「大声だって出します！　三国屋からの仕送りが届くようになってからというもの、毎晩毎晩――いいえ、非番の日には昼間から遊興に耽《ふけ》りなさって！」

「いえいえ、今夜は奉行所の仕事ですよ。天竜斎センセイが殺されたわけを探り、下手人を突き止めようという――」

「そんな言い訳、聞きたくはございません！」

「これがあたしの務めにございますから。すまじきものは宮仕えと申します。ああ辛い。こんな夜更けに深川まで行かねばならぬとは……。ああ、嫌だ嫌だ嫌だ」

「旦那様ッ」

卯之吉は美鈴の追及をスルリとかわすと、上がり框《かまち》の雪駄《せった》に足をつっかけて、屋敷から飛び出した。


深川へは猪牙舟《ちょきぶね》で向かう。夜道は恐いが舟に乗ってしまえば、辻斬りや強盗に襲われる心配もない。贔屓《ひいき》にしている料理茶屋に揚がり、辰巳芸者を呼んでドンチャン騒ぎをしていると、まもなく銀八が顔を出した。

「ああ酷《ひど》い。あっしを置いて行ってしまうなんて」

卯之吉は「フフフ」と笑った。

「だって大番屋には、荒海一家の皆さんもいると思ったのでねえ」

銀八が膝行《しっこう》して、身を寄せてきた。

「こんな派手な遊びをやらかしちまって……。悌七さんから聞き出した話を、上役の旦那方に伝えに行かなくてもいいんでげすか？」

卯之吉は微笑《ほほえ》みながら盃の酒をクイッと飲み干した。そして答えた。

「村田さんから、この一件には関わるなと釘を刺されているからねえ。伝えに行きたくとも、伝えに行けないのさ」

「またまたぁ。とんでもねぇ屁理屈でげす」

「屁理屈でもいいさ。さぁ、飲もう」

卯之吉はますます上機嫌で、下り物の菊酒を呷《あお》った。

二

卯之吉は、この一件はそのうちになんとなく、片づくだろうと考えていた。天竜斎に依頼した相手はわからないが、盗み出されそうになった仕舞屋はわかっている。そちらの線をたぐって行けば、いずれ真相は明らかになるものと想定していたのだ。

ところが次の日、二日酔いの頭を抱えつつ、同心詰所の火鉢の前に座っていた卯之吉の許に、三右衛門から容易ならない報《しら》せが届けられた。

「なんだって」

框まで出て、三和土《たたき》で待つ三右衛門からの話を聞いた卯之吉は、二日酔いの青い顔を傾《かし》げた。

「仕舞屋が空き家になっていたって言うのかい？」

「へい。急な引っ越しで、一人残らず消えちまいやした」

「ふーん」

卯之吉は痛む頭で我慢しながら思案して、訊ねた。

「だけど、住んでいたお人たちの素性は知れたんだろう？」

「ところが、家主に届けられた人別は、どうやら出鱈目《でたらめ》だったようなんでさぁ」

「えっ。その仕舞屋は、貸家だったのかい」

「へい。家主の目には結構なお大尽のように見えたんで、喜んで貸したって抜かしやがるんですがね、どうやら家主め、前金を山と積まれて、たいして調べもせずに家一軒を貸しちまったようなんでございまさぁ」

「それは困ったねぇ。そっちの線も切れちまったってことかえ」

何を思ったか卯之吉はニヤニヤと笑った。

「……やっぱり、村田さんに伝えとかなくて良かったねえ」

伝えていたら今頃は、とんでもない雷が落ちていたところであった。

三

「それで？　天竜斎を殺した下手人は摑めたのか」

深川の料理茶屋の二階座敷。窓際にドッカリと腰を下ろした源之丞が、盃を片手に訊ねてきた。

卯之吉は金屏風を背にして端座している。暮六ッを半刻ばかり過ぎた刻限（午後七時ごろ）。蠟燭《ろうそく》の炎が屏風の金箔を照らしている。

卯之吉は膳を突つく箸を止めて、答えた。

「それがねえ……、その仕舞屋に住んでいらした御方の素性が、皆目わからないんですよねえ」

源之丞はフンと鼻を鳴らした。

「やはり、ワケありってことか」

「そうなのでしょうねえ」

「しかし、近所づきあいぐらいはあったであろう。近所の者どもは、なんと申しておったのだ」

「あれ？」

卯之吉はまじまじと源之丞を見つめた。フフフと忍び笑いを漏らす。

「今夜の源さんはまるで、町方のお役人様のようでございますよ」

「馬鹿を言え」

町方の役人は手前ェのほうじゃねぇか、と言おうとして、それは秘密なのだと思い出した。

「マァ、なんだ。天竜斎とはまんざら知らない仲でもないしな」

源之丞は大名家の三男坊の冷飯食らい。暇を持て余しているから、余計なことに首を突っ込みたがる。

「敵討ちなどと野暮なことは申さぬが、無念を晴らしてやりたいではないか」

「そうですよねえ。それがあるからあたしも、とんだ野次馬で首を突っこんでいるんですけどね」

卯之吉は膳に箸を置いて座り直した。

「ご近所とはほとんど付き合いがなかったようなのですけどね。その仕舞屋は、年寄りの下僕が一人で守っていたらしく、時々辻駕籠に乗って、裕福そうな商人ふうの御方が乗り付けてこられたようですよ」

「辻駕籠を雇えるとなりゃあ、確かにかなりの分限者《ぶげんしゃ》だろうな。深川は川向こうだ。江戸の町人地から乗ってくるのだとしたら、駕籠代だって安くはねぇだろう」

「へえ、そうなんですかえ」

駕籠代などは屁とも思っていない卯之吉には、そのあたりの金銭感覚が良く理解できていない。

「三国屋ほどじゃねぇだろうが、よほどの大店《おおだな》かもしれねえぞ」

源之丞は精悍《せいかん》な顎を片手で撫《な》でながら考え込んだ。

「店の主が通ってくるということは……、さては妾宅か。女を囲っておったのだろう。違うか」

「はぁ。確かに、うら若い娘さんがお暮らしだったようですよ」

「さもありなんだ。して、美形か」

「それがねえ。荒海の親分さんたちが聞き込んでくれたんですけれど、その娘さんの顔を、しかと見定めたというお人がいないのです」

「ふん。因業者《いんごうもの》の商人め。妾を人目には晒《さら》したくないという魂胆か。己一人だけの楽しみに囲っておきたい。他人の目に晒されるのも業腹《ごうはら》だ、などと、吝《しわ》い商人らしい了見なのに違いあるまい」

宝物好きには二通りの種類があって、高貴な宝物を他人に見せつけ、自慢したがる者と、他人には見せたがらない、あるいは絶対に見せない者とがいる。これは男も女も関係ない。宝物好きとはそういうものだ。

一人だけ定型から外れた者がいるとしたら、それは卯之吉で、卯之吉は宝物を宝物だとも思っていないから他人に見せつけることもしないし、逆に「見せろ」と言われたら誰にでも見せる。

「あるいは本妻を恐れておるのかもしれぬな。人知れぬように妾を隠すのは当然か」

「やけにこだわりますね」

「美女と聞けば興味を引かれるのが当然だ」

「そうですかえ」

「して、その湯船はどうなった」

「はぁ」

「よほどに変わった湯船だったのか」

「それなんですがね」

卯之吉は少し困ったような顔をした。

「あたしも気になったので、買い取って――」

「買い取っただと？」

「はい」

べつに変わったことをしたとも思っていない卯之吉は、しれっとした顔で頷いた。

「何両もの支度金を出してまで手に入れようとなさった湯船です。よほどの値打ちがあるのだろうと思って、三右衛門さんを通じて、仕舞屋の家主と掛け合ったのですがね」

卯之吉はここで言葉を切った。源之丞は思わず身を乗り出した。

「どうなった」

「曰《いわ》くのある湯船なら、売り渋ると思ったのですが、何のことはない。屑物同然の捨て値で売ってくださいましたよ」

「手放したと申すのか、先方は」

「はい。そこであたしは桶屋の職人さんを手配して、その湯船をバラしてもらいました。なにしろ湯殿の戸口からは出せないほどの大きさでして。湯船を据えた時にも、湯殿の中に材料を持ち込んで、桶屋さんが組み立てたのでしょうね」

「なるほど、容易には盗み出せそうにない大物だな」

「その桶屋さんにですね、解体する前に、鑑定してもらいましたけれど――」

「湯船の鑑定などという話、聞いたこともないぞ」

「桶屋さんも同じことをおっしゃっていました」

「それで、鑑定の結果は」

「何のことはない、ただの湯船だそうで。作られたのは多分、五、六年前。由緒があるほど古くもなく、別の屋敷に売れるほど新しくもなし」

「なるほど、家主が喜んで手放すわけだ」

「それでもまぁ、なにか、秘密の焼き印でも押してあるのかもしれない。あるいは箍《たが》にお宝の地図でも隠してあるのかもしれない、などと思いまして、板や箍を残らず引き取って参りまして、丁寧《ていねい》に調べたのですが、何も出ては参りませんでした」

「本当に人膏が取れるわけではあるまいな」

「まさか。あたしはこれでも蘭方医の端くれですよ。薬種のことぐらいは諳《そら》んじております。そんな話は聞いたこともございません」

源之丞は（お前は蘭方医ではなくて、町奉行所の同心であろう）と言おうとしたのだが、黙っていた。

「天竜斎による、まったくの作り話だったということか。瓢箪《ひょうたん》から駒が出てくることもあろうかと思ったのだがな」

「はい、そこです」

卯之吉は少しばかり、緊張したような顔をした。

「あたしも、薬種は取れないだろうと思っていましたがね、湯船を買い取ったことで、別のものが飛び出してくるんじゃないか、と思っていたんです」

「別のものとは」

「天竜斎センセイのお命を縮めた下手人ですよ」

「えっ」

卯之吉は煙管を取り出して莨《たばこ》を詰め始めた。

「だってそうでしょう。天竜斎センセイは、あの仕舞屋の湯船を手に入れようとしたから、そうはさせまいとした何者かによって殺されたのです」

莨に火をつけて、プカーッと吹かす。

「その下手人が、今度はあたしの所に来るかもしれない。と、まぁねぇ、少しばかり期待していたのですがね」

「期待していただと？」

源之丞は呆れ顔をし、卯之吉はほんのりと笑った。

「あたしの屋敷には、ほら、美鈴様がいらっしゃいますから。滅多なことでは後れを取ることはございません。それに荒海一家の皆さんにも張り込んでもらったのでね。下手人が押し込んできたら、これ幸いとお縄に掛けようと待ち構えていたのですよ」

「なにもかも他人任せではないか」

これで『剣客同心』だの『南町一の辣腕同心』だのと言われているのだから呆れた話だ――と源之丞は苦笑した。

「ところがですねぇ、結局、どなたもお見えにはならなかったのですよ」

「同心の屋敷に押し込む馬鹿はあるまいからな」

「あるいはもう、湯船には関心がなくなったのかも知れませんよ。湯船の秘密は別のどなたかが持って行ってしまったとか」

「湯船を隈《くま》なく調べても、何も出てこなかったことと、下手人が襲ってこなかったことは、同根だと申すのか」

「そう考えることもできましょう」

「やれやれ」

源之丞はなにやら口惜しそうに、盃を呷った。

「調べはこれでふりだしに戻ったわけだな」

卯之吉は「ふふっ」と笑った。

「やっぱり、町方のお役人様のようですよ」

「放《ほ》っとけ」

卯之吉は煙管の灰を灰吹きに落とした。

「それにしても、惜しい人を失くしましたねぇ。天竜斎センセイ。盗み出すのではなく買い取る――という策なんか、なかなかの名案だと思いますがねぇ」

「なまじの頓智《とんち》があるばかりに、つまらぬことに引っ掛かって、命を縮めたということだな」

そんなことを語り合っていたその時であった。階段を上がってきた男が、障子越しに座敷を覗きこんだ。

「ああ、ここにいたのか。探したぜ、卯之さん」

庄田朔太郎が、丸く肥えた顔を覗かせている。

卯之吉は微笑み返した。

「ああ、良いところへいらっしゃいました。さあ、どうぞお入りを。今、膳を用意させましょう」

朔太郎は座敷に入ってきたが、首は横に振った。

「ゴチになりに来たんじゃねぇんだ。ちっとばかし、面白《おもしれ》ぇ――じゃなかった、面妖《めんよう》な話になってきやがったんだよ」

朔太郎は卯之吉の横に腰を下ろした。耳元に小声で囁《ささや》いた。

「天竜斎が請けそこなった仕事だが、どうやら、オイラのところにお鉢が回って来やがった」

「と、仰いますと？」

朔太郎はいよいよ険しい顔つきになって答えた。

「このオイラに、とある屋敷の湯船を盗み出してくれねぇかって、頼んで来やがった野郎がいるのさ」

「はい？」

卯之吉は目を丸くさせた。

「そんな話が、偶然にも……？」

朔太郎も首を傾げている。

「どうやら、江戸の遊里で評判の、ちっとばかし頓智の働きそうなヤッに、軒並み当たっているみたいだぜ」

「ははぁ、それで朔太郎さんのところへも」

二人の会話に源之丞が口を挟む。

「それにしてもだ、天竜斎がこの深川で殺されたばかりだというのに、また深川で智慧者探しをするとは。いささか用心が足りぬようだな」

卯之吉が答える。

「先方は、天竜斎センセイがどうして殺されたのか、誰も知らない、知られていないはずだ、と思っていらっしゃるのですよ。実際に、天竜斎センセイが湯船を盗み出す謀《はかりごと》に関わっていたことを知っているのはあたしたちだけでございますからねえ」

「なるほどな」

卯之吉はニヤニヤと薄笑いを浮かべて、朔太郎を見た。

「それにしても朔太郎さん、そんなおかしな話を持ち込まれるとは、ずいぶんと名が売れていらっしゃるんですねえ」

源之丞も「ガハハ」と笑った。

「コイツなら、湯船を盗み出すなんてぇ頓珍漢な謀でも喜んで引き受けるに違いないと見込まれたんだ。天竜斎並の酔狂者だと思われているってことだぜ」

「馬鹿を言え」

朔太郎は苦々しげに、顔の前で手を振った。

「オイラは口利きを頼まれただけだ。野郎が本当に頼みたがっている相手は、卯之さん、お前ェさんだよ」

「えっ」

思わぬ成り行きに、卯之吉は目を丸くした。

四

二日後の夜。卯之吉は、深川の一色町《いっしきちょう》近くの稲荷の社《やしろ》の、暗がりの中に身を潜めていた。

「本当にいいのかい」

朔太郎が確かめる。

「相手が何を考えているのかさっぱりわからねぇんだぜ。こいつはちっとばかし剣呑《けんのん》に過ぎやしねぇか」

「そうは仰いましてもねえ……」

緊迫した顔つきの朔太郎に対して、卯之吉はあくまでものんびりとした風情だ。

「天竜斎センセイを殺《あや》めた下手人は、いずれ見つけ出さなくちゃならないですしねぇ」

「敵は、お前ぇさんが仕舞屋の湯船を買い取ったことを知ってるかもわからねぇんだぞ」

「湯船を買い取ってお調べになったのは南町の八巻様ですよ。今夜、先方が会って話をしたがっているのは、このあたし、三国屋の若旦那でございますから」

そのために卯之吉は、町人の格好で出てきたのだ。綿の入った羽織から雪駄まで金のかかった姿であった。

「幇間の銀八も連れて参りましたしねぇ」

銀八は（とんでもねぇ災難でげす）と言わんばかりの、青い顔を震わせた。

「どう見たって、南町の同心様には見えないでしょうよ」

朔太郎は唸った。

「まったく、桁の外れた男だぜ」

「それは褒め言葉なんでしょうかね？」

社の前では源之丞が堂々と立ちはだかっている。

「なぁに、案ずることはない。この俺が密かに追《つ》けて行く。卯之さんが危ないと見れば、この俺が乗り込んで曲者どもを叩きのめしてくれる」

腰の刀を見せつけながら、頼もしげに言い放った。

暗がりの中には美鈴も身を潜めていた。

「このわたしも斬り込みます」

袖を襷《たすき》で絞り、無闇矢鱈《やたら》に意気込んでいる。卯之吉の窮地と見ればすかさず斬り込んで救い出す。そのつもりでついてきたのだ。

「頼みましたよ」

卯之吉は微笑み返した。美鈴は、やや恥ずかしげに俯《うつむ》いた。

「わたし、心のどこかで旦那様を疑っておりました。天竜斎殺しの探索に託《かこ》つけて、深川で夜遊びをしておられるのではないか、などと……」

(まったくお疑いのとおりでげす)と銀八は思ったのだが、黙っている。

美鈴は円《つぶ》らな瞳をキラキラさせて卯之吉を見つめた。

「江戸市中の安寧《あんねい》のため、自ら敵地に乗り込んでいかれるとは！　やはり旦那様は、江戸一番の同心でございます！」

「あい、あい」

感情過多の美鈴には慣れている。卯之吉は適当に相槌を打って、話を切り上げた。

「さぁて、そろそろ参りますかね」

約定の刻限を告げる時ノ鐘が、どこからともなく聞こえてきた。


「ここですか」

卯之吉は一色町の掘割の横に立った。ずいぶんと寂しい場所だ。堀端には柳の木が植えられている。冷たい夜風が水面を吹き抜けてきて、柳の枝を揺らした。

「おお寒い。せめて船宿で待ち合わせってことにしてくだされればよろしいのに。船宿のお代ぐらい、あたしが持ちますよ」

「そうじゃねぇだろ。相手は顔を見憶えられたくねぇんだ。船宿の者《モン》にな」

「はぁ、そうですかえ」

「船宿なんかを使ったら、卯之さんは盛大に御祝儀を撒《ま》くだろう。船宿の者は嫌でも全員の顔を見憶えちまうよ」

「なるほど、そういうものですかねぇ」

朔太郎は（この男、頭が切れるのか、抜けているのか、さっぱりわからねぇ）という顔つきで、卯之吉を見つめた。

卯之吉は振り返って背後に目を向けた。やや離れた場所に美鈴と源之丞が隠れている。

そうこうするうち掘割の向こうから、ギイッ、ギイッと、櫂《かい》を漕《こ》ぐ音が聞こえてきた。一艘の猪牙舟がやってきて、卯之吉たちが待つ桟橋に舳先《へさき》を着けた。

舟には船頭の他に、一人の男が乗っていた。その男が提灯《ちょうちん》を翳《かざ》して卯之吉たちの顔を順番に照らした。

(お武家様ですねぇ……)

卯之吉はそう思った。男の羽織の裾が捲《まく》れ上がっていて、刀の鞘がニョッキリと突き出していたからだ。

その侍は、卯之吉たちの人相を確かめてわずかに頷いた。

「乗って参られよ」

卯之吉と朔太郎は顔を見合わせた。

「それじゃあ、オイラがお先に」

朔太郎が先に舟に乗り移った。小太りの朔太郎が乗ったので、舟は大きく揺いで掘割の水面に波が立った。

続いて卯之吉が乗り移る。江戸っ子は上手に猪牙に乗れて一人前——などともいう。卯之吉はすんなりと乗り移り、波もほとんど立てなかった。

最後に銀八が、清水の舞台から飛び下りるような顔つきで、舟に移ってきた。三人が舟に乗り込むと、侍は船頭に合図を送り、船頭は横たえてあった棹《さお》を握って桟橋を突いた。侍も船頭もまったくの無言だ。それがなんとも不気味であった。

舟はゆっくりと掘割を進む。（美鈴様は、ちゃんと追いてきておられるのでしょうか）と思って、闇に目を凝らしたが、卯之吉の目には源之丞と美鈴の姿は見えなかった。

やがて舟は細い水路へと入った。

（この辺りは、五間堀の、お武家様のお屋敷が建ち並んでいらっしゃるあたりでございますねえ）

卯之吉の実家は札差で、武士を相手に商売をしている。悌七よりは武家地の地理を諳じていた。

江戸の運輸の主力は舟であったから、武家地にも奥まで水路が切られている。やがて舟は、一軒の屋敷の台所口のような所に着けられた。桟橋の向こうに屋敷の塀が見える。台所に荷を運び入れたり、御用聞きが出入りするための扉があった。

武士が立ち上がって桟橋に移る。

「皆も、こちらへ」

言われた通りに三人は、桟橋を使って陸地に移った。武士は塀の扉を叩いた。すぐに扉が内側から開けられた。屋敷に仕える小者らしき男が顔を出し、武士の顔を確かめてから、扉を大きく開いた。

武士は塀の中に入った。やはり無言である。名や身分が露顕するのを恐れて、一切口をきかないように心がけているのに違いなかった。

卯之吉と朔太郎、そして銀八は武家屋敷の裏庭に入った。屋敷の建物が闇の中にそびえ立って見えた。

（これは、千石以上の、ご大身のお旗本様のお屋敷でございますね）

貧乏御家人の屋敷ではない。

（あちらのお侍様は、あたしのような放蕩《ほうとう》者には、お武家様の石高の目算はできないだろうと思って、ここに連れてこられたのでしょうけどねぇ）

あにはからんや卯之吉は、相手のおおよその身分を、推察することができてしまった。

卯之吉はチラリと朔太郎に目を向けた。朔太郎は寺社奉行所の大検使だ。おそらくはもっと詳しく、この屋敷を鑑定しているのに違いない。

（とんだ者たちを、お屋敷に引き込んでしまいましたねえ）

卯之吉はなにやら可笑《おか》しくなってしまった。

台所口から屋敷に入る。

「あがられよ。足は濯《すす》がずともよろしい」

台所の上がり框から板ノ間に上がる。台所に面して座敷があって、その座敷が町人など、身分の低い者たちを引見するために使われていた。卯之吉たちもその座敷に通された。

さきほど扉を開けてくれた小者が、火種を持ってやってきて、燭台に火を入れた。行灯《あんどん》の明かりが室内を照らす。お互いの顔をどうにか見分けることができる程度の明るさだ。百目蠟燭を何本も灯して宴会をしている卯之吉にとっては、なんとも覚束ない光量に感じられた。

屋敷には何人ぐらいの使用人や下女がいるのかわからないが、皆、寝静まっているように思われた。

武士が声をひそめて語りだした。

「夜分、面倒をかけてすまぬ。よくぞ当屋敷に参った」

わずかに低頭した様子だが、暗くてよく見えない。侍の表情も確かめることはできなかった。

卯之吉は惚《とぼ》けた顔と口調で訊ねた。

「こちらは、どちらのお殿様の、お屋敷でございましょうかねえ？」

卯之吉と朔太郎は道々打ち合わせをして、天竜斎の件は何も知らないフリをすることに決めていた。最初から最後まで惚けきって、話を進めねばならないと確かめあったのだが、この卯之吉の惚けぶりは、芝居なのか、素なのか、朔太郎にも判断が難しかった。

武士は堅い口調で答えた。

「ゆえあって、明かすことはできぬ。拙者も名乗ることはできぬ」

「はぁ、なんとも怪しげなお話にございますねえ」

「だがよ、卯之さん」

横から朔太郎が伝法な口調で嘴《くちばし》を挟んだ。

「どうやら、てぇした儲《もう》け話らしいぜ」

卯之吉に勝手に喋らせておくと、どんどん筋道から外れていく。そのことを朔太郎もよく知っている。話の筋から外れたうえに、こっちの素性を悟られるようなことまで口走られてはかなわない。急いで話を戻したのだが、卯之吉から返って来た返事は、ますます微妙なものであった。

「ですがね……。知ってのとおり、あたしはお金にだけは、困っていないですからねえ」

芝居なのか、本気で言っているのか判断に困る。

「だからよ、オイラにとっては金になる、若旦那にとっては面白ぇ遊びになるってぇ、そういう話だって言ったじゃねぇか」

武士にチラリと目を向ける。

「なぁ？」

急に同意を求められた武士は、一瞬返答につまった様子を見せた。遊び人たちのノリには慣れていないことを窺わせた。

「さ、左様」

ゴホッと咳払いをして、背筋を伸ばし直した。

「人目をそばだたせるような、奇妙奇天烈な遊びを競い合うのが、そなたたち粋人だと、世人は申しておるようだが……」

「いかにも、仰る通りにございますよ。くだらない遊びに己の体面を賭けて、仲間同士で意地を張り合うのが、あたしたち放蕩者の性《さが》でございます」

武士は大きく頷いた。

「ならば、ひとつ、我らの酔狂に付き合ってもらいたい」

「と、仰いますと？」

「万人が聞けば、『このようなこと、できるはずがない』と答えるであろう難事に挑むのだ」

「ほう、それは面白そうなお話にございます」

「乗り気となったか」

武士は、やや期待を籠めた眼差しを卯之吉に向けた。

「そなたは、こと、遊びにかけては、奇想天外の発想をいたす者だと聞く。鬼才の持ち主であると耳にいたしておる」

卯之吉は素知らぬ顔つきで答えた。

「面白おかしく生きているだけの、ふざけ者に過ぎませぬよ」

「左様な者だからこそ、常人には考えもつかぬ奇想を思いつくのであろうぞ」

なかなか本題に入ろうとしない武士の態度に、呑気《のんき》者の卯之吉はともかく、朔太郎のほうが焦《じ》れてきた。

「お褒めの言葉はもう十分に頂戴しましたぜ。それで、オイラたちにどんな悪ふざけをさせようって仰るんですかい」

「左様」

武士は居住まいを改めた。

「とある屋敷から、湯船を一つ、盗み出してもらいたいのだ」

卯之吉と朔太郎は顔を見合わせた。（やっぱりだ）（天竜斎センセイと同じでございますね）と頷き合った。

武士の目には、意外な物言いを受けて、俄《にわか》に動揺したように見えたのだろう。

「いや、なに、盗むと申したのは言葉の綾《あや》じゃ。ようは、その湯船を屋敷から運び出してもらえれば、それで良い」

「はぁ？」

卯之吉は芝居なのか、素の状態なのか、真っ当に答えた。

「手前は遊里でもそれと知られた散財家でございまして、お金ならいくらでも持っております。湯船ぐらい買い取ることもできまするが？」

「相手が売るとは思えぬ」

「そんなに大事な湯船でございますかえ」

武士は渋い顔をした。

「そなたの前にも、湯船を買い取る策を立てて、正面から乗り込んだ者がいたのだが……」

「どうなりました」

武士は慌てて首を横に振った。

「事が首尾よく運ばなかったとだけ、申しておく。良いか。正面から乗り込んでも上手くいかぬぞ。相手は湯船を手放すまいと必死に抵抗してくるものと思え」

「いったいどういう謂《いわ》れがあって、そんな湯船にこだわるのですかえ」

「酔狂じゃ。我らもまた、つまらぬ遊びに関わっておるものと思え」

「ご立派なお武家様が、つまらぬ遊び……でございますか」

卯之吉の呟《つぶや》きは無視して、武士は続けた。

「とにかくだ、相手の屋敷に知れぬように、湯船を運び出さねばならぬのだ。なにか良い智慧はあるか」

卯之吉は首を二、三度、傾げてから、答えた。

「とにかく、そのお屋敷を見てみなければ、お答えはできませんね。外からでもいいです。湯殿の位置など確かめてから、お答えいたしましょう」

「なるほど、左様か」

卯之吉は悠然と微笑して、訊ねた。

「さて。そのお屋敷はいずこにあるのでございましょう」

五

「フウッ」と朔太郎が息を吐きだした。

「どうやら、最初の虎口は脱したようだぜ」

謎の武家屋敷から猪牙舟で送り出されて、元の桟橋に戻された。

「卯之さん、気づいていたかい。あの屋敷」

「気づいていたかって、なにを？」

「座敷を殺気が取り巻いていやがったろう？　卯之さんの返答次第では、刀を振りかざした侍が板戸を蹴破って突っ込んできて、オイラたちを膾《なます》に切り刻んでくれようと待ち構えていたのに違ぇねえぜ」

その話を聞いて銀八が腰を抜かした。本気でその場にへたり込んでしまった。

「あそこで斬りつけられていたら、源之丞の旦那も、美鈴様も、とうてい間に合わなかったでげす！」

「そうだな」

朔太郎は懐の手拭いを出して首筋に浮いた冷汗を拭った。

しかし、卯之吉一人だけは平然としたままだ。

「そうですかえ。あたしはちっとも気がつきませんでした」

「気がつかねぇうちに斬り殺されちまったんじゃつまらねぇ。今もオイラたちの後を追けて来ているかも知れねえぜ」

朔太郎は背後の闇に目を向けた。

卯之吉は頷いた。

「立ち話を聞かれるわけにはまいりませんね。あのお武家様にとっては剣呑な話をしなければなりません」

「おう、どうする？　あの屋敷の侍どもが入ってこれない場所がありゃあいいんだが」

「ありますよ、いっぱい」

卯之吉はスタスタと歩いて、表通りに出ると、掘割で客待ちをしていた船頭に声を掛けた。

「深川の相模楼《さがみろう》までやっておくれ」

船頭は、卯之吉の身形《みなり》と、相模楼という名を聞いて、（これは上客だ）と見て取った。

「へいへい。すぐに舟を用意いたします」

桟橋に降りて、猪牙舟のもやい綱を解く。

「さあどうぞ、お召しくだせえ」

客が舟に乗ることを〝召す〟といった。卯之吉は猪牙舟に乗り込んだ。朔太郎と銀八も続く。

「なぁるほど」

朔太郎が舟に腰を下ろす。

「相模楼は、オイラたちには馴染みの茶屋だが、深川一の名店だ。今どきの二本差しが登楼できる店じゃねぇ。座敷でなにを語らっても盗み聞きされる心配はねぇってわけだ」

自分だって二本差しの身分なのに、そう言って笑った。

銀八が卯之吉に訊ねた。

「源之丞の旦那と美鈴様はどうするでげすか」

卯之吉はしれっとして答えた。

「あの二人は、つかず離れず、追けてくるでしょう。私たちのこの舟を追ってくるお人がいるかいないか、確かめてくださるはずですよ」

船頭が棹を差して猪牙舟は桟橋を離れた。夜の闇をものともせずに、深川へと進み始めた。

第四章　南本所番場町の仕舞屋《しもたや》

一

「さぁ、どんどん派手にやっておくれな～」

大勢集められた芸者衆が三味線を掻《か》き鳴らす中、卯之吉が広い座敷のまん真ん中で踊り始めた。卯之吉としても、夏の洪水から続いた金欠は心身に堪《こた》えていた。久しぶりの大盤振る舞いに自分自身で酔ってしまった様子であった。

「お、おい、卯之さん……！」

朔太郎が慌てて声を掛ける。

「秘策を練るんじゃなかったのかい」

尾行をまくために登楼したはずなのに、座敷に入るやいなや、遊蕩《ゆうとう》のことしか考えられなくなっている。

(ダメだコイツは。根っからの遊び人だ。オイラだって遊び人だが、卯之さんにゃあ敵《かな》わねえ)

朔太郎はため息をもらした。

そこへドカドカと足音も高らかに源之丞が乗り込んできた。

「おうっ、なんだなんだ、この騒ぎは!」

このわしを働かせておきながら——などと怒り出すのかと思いきや、すかさず大盃を取って酒を注がせ、立ったまま一気に飲み干すと、「ヨシッ」とばかりに卯之吉と一緒になって踊り始めた。

朔太郎はますます呆《あき》れ果てる。

美鈴も座敷に入ってきた。

「いったい、なにがどうなって、こうなったのです?」

座敷の中では唯一素面《しらふ》の朔太郎の横に座って、真顔で訊ねた。

「オイラのほうが訊《き》きてぇよ」

朔太郎は情けない顔で答えた。

「まずは、好きに飲み食いさせて、歌い踊らせておくしかねぇだろうな。飲み疲れ、食い疲れ、踊り疲れたら、こっちの話を聞く気にもなるだろうぜ」

「ああ、なんてこと」

美鈴はガックリと肩を落として、朔太郎よりもさらに情けない表情を浮かべた。

「それで、どうだったのです？　あの後、あのお屋敷のお侍様は、あたしたちを追《つ》けてこられましたか」

ようやく一休みした卯之吉が、満足しきった顔つきで屏風の前に腰を落ち着けて、訊ねてきた。

美鈴は唇を尖《とが》らせた。

「知りません！」

「ほうれみろ、怒らせちまったじゃねえか」

朔太郎が卯之吉を肘で突つく。

「こんな可愛い娘を待たせて、その目の前で芸者遊びをするってんだから、とことん罪つくりな男だぜ、え？　卯之さんよ」

卯之吉は薄笑いを浮かべながら、盃の酒を飲み干した。

「いえいえ、これも敵の目を欺《あざむ》く策です。賑やかに宴席を張っていれば、まさか、先方の腹の内を探る秘策を巡らせているとは思わないでしょう。それにこれだけ賑やかならば、あたしたちの声が外に漏れることもございません。芸者衆にだって、聞かれる心配はいりませんよ」

疲れ知らずの源之丞は、ますます興に乗って歌い踊っている。伴奏の三味線や太鼓も絶好調だ。

朔太郎は顔をしかめた。

「外に漏れねぇどころか、こうして話してる互いの声だって聞き取れねぇぞ」

「まあまあ。賑やかで良いではありませんか。それっ、お姐《ねえ》さん方——」

「待てッ」

またも立ち上がって踊りだそうとした卯之吉の帯を握る。朔太郎は卯之吉を座り直させた。

「こっから先の遊興は、大事《でえじ》な話が済んでからだい」

美鈴も「ウンウン」と頷《うなず》いた。

「左様ですか」

卯之吉だけが悲しげな表情だ。

「それじゃあ、さっさと片づけましょうかね。美鈴様、あたしたちの猪牙舟《ちょきぶね》を追けてきたお侍様は、いらっしゃいましたかね」

美鈴は真剣な顔つきで頷いた。

「武士が二人ばかり、見え隠れに……。今もこの茶屋を見張っているかも知れませぬ」

「おや、お可哀相。人の宴席を黙って見ているだけなんて、あまりにもおいたわしゅうございます。どれ、座敷に呼んで差し上げましょう」

腰を浮かしかけた卯之吉の帯を、朔太郎がまたもグイッと引っ張った。

「どこまで本気の物言いだ」

冗談なら良いのだが、これがまったくの本気だったりするから油断できない。

美鈴は首を傾《かし》げた。

「あの屋敷は、どなたの屋敷なのでしょう」

「それなら直《じき》にわかるだろう」と答えたのは朔太郎だ。

「猪牙で通った川筋は、オイラの頭ン中に入ってる。明日にでも、しかつめらしい大検使サマの装束で歩いてみようぜ」

卯之吉も頷いた。

「三国屋の者に聞けば、たいがいのお武家屋敷はわかりますよ」

「よし。これで頼みの筋の正体は知れたも同然だ。問題なのは湯船の方だ。なんだってそんな物に、しつこくこだわり続けるのだろう?」

美鈴も首を傾げる。

「天竜斎殿が殺されて、町奉行所が動いていることも知っているはず。その危険を犯してまで、湯船を奪いたがるからには、それ相応のわけがあるはず」

「おう、そこだぜ。まともに考えるなら、天竜斎殺しの一件のほとぼりが冷めるのを待つはずだ。それなのにヤツらは、町方のモンが動いている最中にも拘わらず、あえて湯船を盗み出させようとしていやがる。よっぽど切羽詰まった事情があるのに違《ちげ》ぇねえぞ」

卯之吉だけが呑気な顔つきだ。

「まぁ、ここで話をしていてもなんですから、明日、そのお屋敷を見に行きましょう。そうすれば、なにか見えてくるかもしれません」

「こちとら、評判の八巻様の〝千里眼〟を頼るしかねぇ」

朔太郎は半ば本気でそう言った。

「やめておくんなさいよ。あたしの本性を知っていなさるのに」

卯之吉は馬鹿らしそうに笑った。

「ところで旦那様」

美鈴が真剣な顔つきで膝を進めてきた。

「この料理茶屋ですが、表の出入り口は見張られているものと思わねばなりませぬ。あの屋敷の侍たちに、八丁堀の屋敷まで追けてこられては厄介《やっかい》かと」

卯之吉の正体が露顕してしまう。

「そうですねぇ」

卯之吉はしばらく考えてから、顔を上げた。

「ご主人を呼んできておくれ」

銀八に命じる。銀八は一階の帳場に降りて、すぐに茶屋の主《あるじ》を連れて戻ってきた。

「これは、三国屋の若旦那様。毎度ご贔屓《ひいき》にありがとうございます」

今日も今日とて大盤振る舞いだ。店にいくら金が落ちるか、咄嗟《とっさ》には勘定できないほどである。主は蕩《とろ》けるような笑顔を浮かべた。

卯之吉は主に訊ねた。

「このまえ預けていった紙入れだけど、お足はまだ、残っているかねぇ？」

「もちろんでございますとも」

どれほど高級な料理茶屋でも、卯之吉の財布を空にするのは難しい。主は恭《うやうや》しげに紙入れを差し出してきた。

「二十二両と一分ばかり、残っております」

卯之吉は頷いた。

「そうかえ。それじゃあちょっと手間だけど、その小判を二朱金に替えてきておくれな」

主は「あっ」と叫んだ。何もかも理解した顔をした。

卯之吉は興が乗ると、座敷や通りに金を撒《ま》く。芸者や芸人たちへの御祝儀だ。

「かしこまりました。このところ毎日毎日冷え込みが続き、客足も遠のいて、深川中が不景気に泣いていたところにございました。若旦那様のお陰で生き返りましょう」

主はいそいそと階下へ降りていった。

相模楼前の通りに、二人の武士の姿が見え隠れしていた。通りを何度も行き来している。

遊里に遊びにきたのだが、登楼するだけの持ち合わせがない、そんな惨めな貧乏侍の姿にも見える。酔客たちがニヤニヤと嘲笑《ちょうしょう》しながら通りすぎたのだが、役目に緊張しきっている侍二人は、蔑視の視線に気づく余裕もなかった。

「いつまでも宴席が続いておるな」

侍の一人、眉毛が薄くて頬の痩せこけた男が、苦々しげに二階座敷の障子を見上げた。

「町人めが。いい気なものだ」

「そう焦《あせ》るな、鎌田《かまた》氏《うじ》。焦りはしくじりの元だぞ」

もう一人の武士、四角い顔の、やや小太りの男が窘《たしな》めた。

「それにしても寒いのう。やあ、あそこで甘酒を売っておる。甘酒でも飲んで、身体を温めるとしようか」

四角い顔の武士が相模楼の前を離れようとすると、鎌田が急いで止めた。

「待たれぃ猪俣《いのまた》氏。あの放蕩《ほうとう》息子からけっして目を離してはならぬという、きついお言いつけだ」

「うむ……」

猪俣は首を竦《すく》めながら戻ってきた。

「しかし鎌田氏。あの遊び人めが、いったいどこへ姿を隠すと申すのだ。せいぜい己の家に帰るだけの話であろうが」

猪俣は恨めしそうに二階座敷を見上げる。

「あの調子で朝帰りなどされたら事だぞ。こちらは凍え死にしかねぬ」

「そうは申すが、我らが目を離した隙に、町奉行所などに駆け込まれては一大事であろうが」

「うむ。天竜斎なる者が殺されたばかりだからな……」

「用心せねばならぬ」

「して、彼奴《きゃっ》めが町奉行所に駆け込まんとしたら、どうする？」

「たかが遊び人の一人や二人、この刀にて斬る！」

鎌田は腰の刀を叩いてみせた。

「また、大げさな」

しかし、いずれにしても目が離せないことは事実なのだ。

「我らに課せられた大事な役儀。そのこと、忘れてはならぬぞ猪俣氏」

「わかっておるわ。そのために我ら、家中きっての武芸者が、あの放蕩者の見張役につけられたのだからな」

そんなことを語り合っているうちに、なぜかは知らぬが、物売りなどが彼らの周囲に集まってきた。

「お侍さん、籤《くじ》を買っておくれ」

籤売りの少女が鎌田に声を掛けてきた。遊女との首尾の善し悪しや、なにを贈れば喜ばれるかなど、たわいもないことが書かれた籤を売っている。

「いらぬ」

鎌田は邪険に断った。一方の猪俣も、菓子売りや番付売りに取り囲まれていた。それらの番付には深川の料理茶屋の順位や、辰巳芸者の格付けなどが書かれている。

「いらぬ、いらぬ」

猪俣も困り顔で物売りたちを追い払った。

「なんであろうな、鎌田氏。妙に売り子が集まって参ったぞ？」

「売り子だけではない。見よ、猪俣氏。芸人や幇間《ほうかん》、新内流しまで集まって参ったではないか」

「どういうことじゃ」

二人で訝《いぶか》しがったその直後、物売りや芸人たちがワアッと沸いた。相模楼の二階の障子が開け放たれたのだ。

「あっ、彼奴だ！」

鎌田が叫んだ。卯之吉が窓から顔を出している。

「鎌田氏、いかんぞ」

鎌田と猪俣は慌てて俯《うつむ》いて、顔を隠した。

卯之吉が窓から身を乗り出して大声を張り上げた。

「さぁ皆さん！　景気直しの御祝儀だよ！」

叫ぶやいなや二朱金を鷲摑《わしづか》みにして、パーッと空中に高く放り投げた。

芸人や物売りたちが歓声を張り上げた。空から振ってきた金を摑み取ろうと手を伸ばした。

「なっ、なんだ、これはッ？」

鎌田は驚いて二の句も継げない。茫然《ぼうぜん》と、降りしきる黄金色を見つめている。

「それーっ、それーっ」

卯之吉は惜しげもなく金を撒き続ける。二朱金は地べたにもポトリポトリと落ちてきて、すぐさま芸人たちがそれに飛び掛かった。

芸人たちばかりではない。騒ぎに気づいた酔客たちまで突進してきた。

「邪魔だい、お侍さん！」

鎌田と猪俣を突き飛ばす者まで現れる始末だ。寒さで客の出足が少ないとはいえ、ここは深川、富岡八幡門前町。江戸で一、二を競う遊里だ。鎌田と猪俣は人の渦《うず》に巻き込まれて、あっちに押しやられ、こっちに押し戻されて、往生した。

「あっ、鎌田氏！　あいつがいないぞ！」

猪俣が二階座敷を指差す。卯之吉が忽然《こつぜん》と姿を消していた。

鎌田は、通りの向こうをコソコソと走り去っていく卯之吉たちの後ろ姿を見つけた。

「彼奴め！　この騒ぎに乗じて裏口から逃れたかッ」

足元にまとわりつく酔客や芸人たちを押し退《の》ける。

「ええいッ、どけッ」

「なにしやがる！」

酔客たちが目を剥《む》いて押し返してきた。

「俺の金だぞ！　横取りする気か！」

「なにを抜かす！　どけッ」

「しゃらくせえ！」

金の取り合いで血がたぎった酔客が鎌田に殴りかかってきた。

「なにを！」

「やる気か！」

「こっちのサンピンもたたんじまえ！」

お決まりの大乱闘が開始される。鎌田も猪俣も四方八方から殴り掛かられた。まさか抜刀して応戦するわけにもゆかず、鎌田が鞘を差したまま相手を打ち据えたり、猪俣が柔《やわら》の技で投げ飛ばしたりしているうちに、

「くそっ、すっかり見失ってしまったわ！」

卯之吉の姿は闇の中に消え去っていた。

二人は地団駄を踏んで悔しがった。

二

翌朝、卯之吉は珍しく自分から起き出して床を離れた。欠伸《あくび》をしながら雪隠《せっちん》に向かうと、台所から銀八がやってきた。

「あれ？　珍しいことがあるもんでげす」

「うん。その、湯船があるっていうお屋敷を、早くこの目で見たくてねえ」

興味を引かれることがあれば眠気も吹っ飛ぶ。心が急《せ》いて寝てもいられない。

「まるで子供でげすな」

銀八は雪隠の戸の前で、卯之吉が用を足し終えるのを待ちながら呟《つぶや》いた。

卯之吉が出てくる。細い腕を幽霊みたいに突き出してきた。銀八は手水鉢《ちょうずばち》の水を杓《ひしゃく》で掬《すく》ってその手に掛け、それから手拭いで拭いてやった。お金持ちというものは、こんなことまで使用人にやらせるものなのである。

そうこうするうち、台所のほうから訪《おとな》いを入れる声が聞こえてきた。

「卯之さん、起きてるかい」

「ああ、朔太郎さんだ」

卯之吉は夜着のまま台所に向かう。土間の三和土《たたき》に朔太郎が立っていた。今日も町人の格好だ。

「よう。なんだか寝てもいられねぇ気分でな、こうして押しかけてきちまったのさ。さぁ、例の屋敷を拝んでこようぜ」

卯之吉は「ププッ」と笑った。

「なんですね、朔太郎さん。まるでお子さまみたいですよ」

（それは若旦那も同じでげす）と、銀八は思った。

美鈴がお釜に炊きあがったばかりの御飯をお櫃《ひつ》に移しながら訊ねた。

「朝御飯は、食べていかれるのでしょうね」

卯之吉に訊ねたのだが、朔太郎が答えた。

「あたぼうよ。ゴチになるぜぃ」

雪駄《せった》を脱いで上がり込んでくる。さっさと座敷へ向かってしまった。

「まぁ！　なんて図々しい人」

美鈴はほっぺたを膨らませた。

美鈴にとっては朝餉《あさげ》だけが、卯之吉と水入らずになれる唯一の時間だったのだ。


「ははぁ……。どうやら、こちらのようですね」

「そのようだな」

南本所の番場町。川向こうの新開地らしい込み入った裏路地に、一軒の仕舞屋《しもたや》が建っていた。卯之吉はその屋根を見上げて、「ふむ」と唸《うな》った。

「掘割もないし、表道からもずいぶんと奥まっていますね。ここに店を出しても、商売は上手くゆかないでしょう」

「だから仕舞屋にして、分限者《ぶげんしゃ》に貸し出したということか」

「店の部分を潰して、隠居屋敷ふうに建て直したのでしょうね」

耳を澄ますが、人の気配は感じられない。そろそろ昼だというのに雨戸も閉まったままだ。

「お留守のようですねぇ」

図々しくなった卯之吉は、背伸びをして生け垣の奥を覗きこんだ。

「裏庭がちょっとだけ見えます。薪《まき》が積んでありますよ。どうやらあのあたりに、湯釜の焚口《たきぐち》があるようですね」

「ふん。だけどよ、卯之さん。この裏庭はずいぶんと狭いや。湯船を運び出すのは手間がかかるぜ」

卯之吉はしばらく考えている様子であったが、すぐに顔つきを変えた。

「それについては、また改めて考えることといたしまして……、さて。この仕舞屋には、どなたがお住まいなのでございましょうかね？」

「馬鹿を言うない。なんでオイラに訊くんだよ。どこの町内に誰が住んでいるのか、それを管掌しているのは町奉行所じゃねぇか」

「ハハハ。そうでしたっけね。それじゃあ、まずはこの町内の町役人《ちょうやくにん》さんに当たってみますかね。そうすればこちらの家主さんと、店子《たなこ》さんの素性がわかるでしょう」

「それが良かろうぜ」

表道には自身番がある。自身番には町役人が詰めている。町役人が留守でも、書き役という者が町内の行政書類を管理しているはずだ。

表道に向かって歩きだしたその時、卯之吉が「あっ」と叫んで、朔太郎の袖を引いた。朔太郎が怪訝《けげん》そうに振り返った。

「どうしたい」

卯之吉は視線で、道の先に注意を促した。

「あのお人かも知れませんよ」

「えっ、誰のことでぃ」

朔太郎も道の先に目を向けた。

一人の若い娘が、商家の番頭らしき者をお供に従えて、道の向こうからやってきた。

「隠れましょう」

卯之吉は身を翻《ひるがえ》した。そそくさと反対側に向かって歩きだす。朔太郎もその後ろに従ったが、納得しがたい顔つきで訊ねた。

「どうして身を隠さなくちゃならねえんだい」

「だって、ほら。あの娘さんが、あの女なのかも知れませんよ」

「あの女？」

「天竜斎センセイが湯船を盗み出すはずだった仕舞屋。そこには若い娘が暮らしていたようだって、言ってたじゃないですか」

「あっ」

「その娘さんが、こちらの仕舞屋に引っ越してきたのかも知れない。いいえ、頼み人が同じだとしたら、きっと引っ越してきているはずなんですよ」

二人と銀八は、たまたま近くにあった稲荷の社《やしろ》の陰に隠れた。

「伊勢屋、稲荷に、犬の糞というが、稲荷はどこにでもあるから、こういう時に便利だ」

朔太郎が呟く。卯之吉はその袖を引いた。

「シッ！　ほら、見てください！　仕舞屋に入っていきますよ」

「おう」

稲荷の社の陰から顔半分だけ出した二人に見守られながら、問題の娘と番頭風の男が、片開きの戸を開けて、仕舞屋の中に入っていった。

「どうやら間違いなさそうだぜ、卯之さん」

「とにかくこの場は退散しましょう。あたしたちの姿を見憶えられたりしたら、後々面倒ですから」

「おう」

卯之吉は足を急がせながら、ニヤニヤと品なく笑った。

「なんだか、楽しくなってきましたね」

「そうかよ」

「泥棒稼業の楽しさってのは、なるほど、こういうものなのですねえ。狙いをつけた仕舞屋を調べてまわる。あたしはなんだか心が浮き立ってまいりましたよ」

「まったく、救い難い酔狂者だよ」

朔太郎は心底から呆れたような顔をした。

三

翌日の昼過ぎ、番場町での調べを終えた銀八が南町奉行所に戻ってきた。卯之吉は同心詰所の火鉢の前でウツラウツラとしていたのだが、奉行所の小者が呼びに来たので、框《かまち》へ向かった。

「外で話そう」

卯之吉は雪駄に足をつっかけて表に出た。その日は寒気も緩んで、過ごしやすい午後であった。

「小さい声でお話しよ。あたしが勝手に、天竜斎センセイの一件に首を突っこんでいると知れたら、村田さんから大目玉をくらっちまうからね」

詰所から十分に離れた場所にまで移動してから、卯之吉はそう言った。

「寒い中、ご苦労だったたね」

「へい。お言いつけ通りに、番場町の仕舞屋の家主に当たってきたでげす。近くの表店《おもてだな》で八百屋を営んでいる、金吉《きんきち》ってぇとっつぁんの持ち家でげした」

卯之吉は感心したような顔をした。

「良く調べがついたねえ」

「そりゃあまぁ……」

銀八は微妙に顔をしかめる。

「烏金《からすがね》の親分さんの下ッ引きを名乗りやしたでげすから」

烏金ノ小平次《こへいじ》は、南町奉行所同心、玉木弥之助《たまきやのすけ》の手札を預かる岡っ引きだ。

「岡っ引きの親分の名を勝手に持ち出して、こっちは生きた心地もしなかったでげすよ」

卯之吉は「ハハハ」と笑った。

「仕方がないさ。あたしはこの件に関わっていないんだからね。烏金の親分には、後で角樽でも届けておこうよ」

卯之吉は朗らかに微笑《ほほえ》みながら「それにね」と続ける。

「あたしの手下を名乗るより、烏金の親分の手下を名乗った方が、町役人さんたちに凄《すご》みが効くってモンだろうさ」

（冗談じゃござんせん）と銀八は思った。江戸で評判の辣腕《らつわん》同心（ということになっている）八巻卯之吉の名を出せば、町人たちはひたすら恐縮して、どんな秘事でもベラベラと喋ってくれる。

（若旦那はまだ、ご自分の評判に気づいていらっしゃらないんでげすかえ）

卯之吉の無神経には呆れる思いだ。

「それで、どうだったんだえ？」

銀八は首を竦めると、小さな声で答えた。

「仕舞屋を借りていたのは、尾張町の太物屋《ふとものや》さんで、屋号は升丸屋《ますまるや》っていうんだそうでげす」

太物とは木綿の反物のことだ。木綿の糸が絹の糸よりも太いことから、そう呼ばれる。

「尾張町の太物屋さんね……」

「へい。そういうことになっているでげす」

「そういうことになっている？　それは、どういう意味だえ」

「尾張町まで走ってでげすな、よくよく調べてみたんでげすが、升丸屋なんていうお店は、尾張町のどこにもないんでげすよ」

卯之吉は「ふむ」と唸った。

「天竜斎センセイが関わったほうの仕舞屋も、偽名で家を借りていたっけね」

「へい。同じ手を使ったと思われるでげす」

「まぁいい。それで？　あたしたちが関わっているほうの仕舞屋には、今、どなたが住んでいらっしゃるのかえ」

「へい。ご近所で訊ねたでげす。大店のご主人らしい御方が時折訊ねてこられる。そのお人が借り主らしい。仕舞屋には若い娘さんが住んでるんでげすが、ほとんど顔を見せないそうでげすよ」

「天竜斎センセイが狙っていた仕舞屋とまったく同じだ。その若い娘さんってのは、昨日、通りで見かけたあのお人だろうかね」

「おそらくは、そうなんじゃねぇのかと」

「ようし、わかった。ご苦労さん」

その時、荒海ノ三右衛門が土煙を巻き上げながら、南町奉行所の門内に飛び込んできた。

「旦那！　酷《ひで》ぇですぜ！」

卯之吉の姿を見つけて詰め寄ってきた。

「一ノ子分のあっしを除《の》け者《もの》にして捕物を進めなさるとは、あんまりだ！」

いい歳をした、しかも侠客の大親分が、仲間外れにされた子供みたいな顔で拗《す》ねている。

「銀八みてぇな役立たずに任せていたんじゃ埒《らち》が明かねぇ！　どうしてこの三右衛門を使ってくださらねぇんです！」

「こいつは酷い言われようでげす」

銀八が頭を抱える。

卯之吉は優美な笑みを浮かべて答えた。

「いや、そのね、あまり事を大げさにしたくなかったものだから……」

三右衛門に調べを任せたりしたら「南町の八巻様の御用だい！」と叫び散らし、関わりのある町人たちをギュウギュウと締め上げて回るに違いない。

「あたしが調べを進めていることを、人にはできるだけ知られたくないんだよ」

村田のお叱りが恐い、ということが一つ。

「天竜斎センセイとあたし、じゃなかった、三国屋の若旦那に、仕事をご依頼したお侍様の正体と魂胆もわからない。仕舞屋に住んでいらっしゃるお人の正体もわからない。今、奉行所が動いていることが知られたら、あのお人たちは手を引くか、姿を隠すかするだろう。あのお人たちの正体や魂胆が知れるまでは、そっとしておいたほうがいいのさ」

ということが一つであった。

「なぁるほど。……って、だからって、こんな銀八なんかに！」

卯之吉は「フフフ」と忍び笑いを漏らした。

「このお江戸には、荒海ノ親分さんの名を知らないお人はいないですからねえ。親分さんが動けば、あたしが動かしていることが知れてしまう。そういうことですよ」

「納得できなくもないですが、なんだか面白くねえ」

まるっきり餓鬼のような顔をして、三右衛門は不貞腐《ふてくさ》れた。

「証拠が揃って、捕り物ということになれば、親分さんの手を借りないわけにはいきませんから。今のところは辛抱していておくれなさいよ」

「旦那にそう言われちまったんじゃあ、仕方がねえですが……」

三右衛門はしょんぼりと肩を落として、奉行所の門から出ていった。

「なんだか、可哀相な気がしてきたねえ」

卯之吉はそっと眉根を寄せながら、三右衛門の背中を見送った。

四

その夜も卯之吉は深川の相模楼に向かった。二階座敷を借り切っての宴席を張る。

その夜も軒下の暗がりには、遊里には場違いな侍が潜んでいた。猪俣が恨めしげな目つきで、煌々《こうこう》と眩《まぶ》しい二階の窓を見上げた。

そこへ鎌田が駆けつけてきた。

「待たせたか」

「遅いぞ」

鎌田も二階の窓を見上げた。

「三国屋の放蕩息子め、いい気なものだな。連日のドンチャン騒ぎか」

ただでさえ険しい鎌田の面相が、ますます殺気立つ。

「我らの依頼を受けておきながら、取りかかろうともせずに遊び呆《ほう》けておるとは。許せぬ！」

「まぁそういきり立つな」

猪俣が窘《たしな》めた。

「楡木《にれぎ》様の話では、放蕩息子め、数日の猶予をくれ——と言ったそうだ。ああ見えて何かの策を練っておるのかも知れぬ」

楡木というのが、あの謎の武士の名前であるらしい。

「数日待って埒があかなかったら、どうするか見ておれ！　放蕩息子の首、一刀の下に斬り飛ばしてくれるわ！」

鎌田は歯を嚙み締めながら、二階座敷を睨み続けた。

その座敷では、源之丞を歌い踊らせたまま、卯之吉と朔太郎が額を寄せて密談していている。源之丞の大声と三味線の音でかき消され、二人の会話は近くに侍《はべ》った芸者の耳にも届かなかった。

「例のお武家屋敷ですが、どちら様のお屋敷なのか、掴めましたかねぇ?」

卯之吉が盃を手にしたまま、朔太郎に訊ねた。

「おう。調べがついたぜ。あの屋敷は坂上丹後《さかがみたんご》ってぇ、七千二百石の旗本の抱え屋敷だったぜ」

抱え屋敷とは、大名や旗本が私用に使う屋敷をいう。

「七千二百石? それはまた、ずいぶんなご大身でいらっしゃいますねぇ」

「おう。役には就いていねぇ。寄合だ」

無役の御家人や小身の旗本を小普請といい、無役の大身旗本は寄合といった。

「七千二百石にもなると、あまりにも偉くなりすぎて、滅多な役には就けさせられねぇからな」

幕府の役人社会も、まずは下級の役人として下積みを経験させ、その中で頭角を現わした者を出世させていく。しかし、最初から七千二百石の殿様だと、下級役人と一緒に下積みをさせるわけにもいかない。上司よりも偉い身分の部下を叱ったり鍛えたりはできないからだ。

結果として大身旗本たちは、出世競争に混ぜてもらえず、生涯のほとんどを無役の寄合に甘んじなければならなかった。旗奉行や陣幕奉行などという名誉職があって、最終的にはそれらのお役に就くのだが、それらの席は長老旗本たちが占めている。老人たちが隠居か死去かしない限りは、若手旗本はいつまでもお役にありつくことができないのであった。

卯之吉は首を傾《かし》げた。

「そんな大身のお旗本様が、どうして町人の、仕舞屋の、湯船なんぞを欲しがるのでございましょうね？」

「オイラにもわからねぇよ」

朔太郎は、少しばかり思案してから、答えた。

「あの美形の肌の香りが染みついた湯船に、七千二百石の旗本が執心しているっていうことか？　世の中にゃあ、いろいろと頭のおかしな野郎がいるからな」

卯之吉は微苦笑した。

「面白いご解釈ですねえ」

「あるいはだな、その殿サン、寄合で他にすることが何もねえもんだから、馬鹿馬鹿しい遊びを思いついたってことも、考えられるな」

「酔狂ですかえ？　あたしたちと同じような」

「酔狂に武士も町人もあるめえよ。仲間うち同士で、つまらねえ賭けでもしやがったんじゃねえのか」

「それも考えられますけれどねえ……」

卯之吉は、珍しいことに真面目な顔つきで黙考し始めた。端で見ている朔太郎が不安になるほどの、真剣な面相だ。

「やい、どうしたい卯之さん」

卯之吉は顔を上げて朔太郎に目を向けた。

「湯船を盗まれると、あの仕舞屋では、いったい何が起こるのでしょうかね？」

「えっ？　どういう意味だい」

「仕舞屋から湯船がなくなると、何かが起こるんじゃないのですかね？　昨夜のお武家屋敷の皆様がたは、その何かを起こしたがっているのではないのかと、そんな気がしてきたのですよ」

朔太郎は「ううむ」と唸った。

「駄目だ。オイラの頭じゃいくら考えても、何も思いつかねえ」

莨盆《たばこぼん》を引き寄せて、一服つけてから訊ねた。

「それで卯之さん。湯船を盗み出す策のほうは考えついたのかい」

するとと卯之吉は、さも面白そうに笑った。悪童が悪戯《いたずら》を思いついた、みたいな顔つきだ。

「おっ、そのツラつきから察するに、ただ盗み出すだけじゃねえ、面白い騒ぎを引き起こしそうな――そんな方策を考えついたね？」

「ええ、まぁ」

卯之吉は笑顔を引っ込めた。

「これはただの悪ふざけなんかじゃないですよ。天竜斎センセイは殺されたんです。この件に関わったお人たちには少しばかり、肝の冷える思いをしてもらわなければなりません」

「な、なんでぇ……」

朔太郎は気圧《けお》されたような顔をした。

「卯之さんの口から、そんな言葉が出てくるとは思わなかったぜ。同心稼業に真面目に打ち込むつもりになったのかい」

卯之吉は少しばかり照れくさそうな顔をした。

「あたしにとっちゃあ、南町の同心様も、遊蕩のひとつに過ぎませんけどね。遊びってヤツは、本気になって打ち込まないと面白くないものですからね。同心様のお役目も同じことです」

横で黙って聞いていた銀八は、

（若旦那は真面目になんか、打ち込んでいらっしゃらねぇでげす）と思ったのだけれども、黙っていた。

「で、どうする」

朔太郎が質《ただ》した。卯之吉は酒杯をクイッと飲み干した。

「悪戯ですよ、悪戯を仕掛けてみようと思ってるんです」

「悪戯ねぇ？」

秘策の成ったらしい卯之吉は、晴々とした顔つきで立ち上がった。

「さあ、どんどん行きましょう。盛り上がるのはこれからですよ！」

源之丞にまじって派手やかに舞い踊り始めたのであった。

五

三日後の昼過ぎ、強い北風が吹いてきた。卯之吉は南町奉行所の濡れ縁に立って、鈍色《にびいろ》の空を見上げた。

「おお、寒い」

身震いをして首を竦める。奉行所の中ではさすがに、綿の入った長羽織や襟巻を使うわけにもいかない。

卯之吉は、同心たちの出入り口である、あがり框へ向かった。框の番をしている小者が卯之吉の姿を見て「八巻様のお出ましッ」と叫んだ。

その声を耳にしたら、同心の家に仕える者は馳《は》せ参じなければならない。小者の詰所となっている小屋から銀八が走り出てきて、沓《くつ》脱ぎ石に雪駄を揃えた。

「いい感じで風が吹いてきたね」

卯之吉は銀八に声を掛けて、雪駄に足を通した。銀八も「へい」と低頭した。

「こんな日は、火の気に用心しなくちゃならねぇでげす」

卯之吉は三和土に降りると、框の番に声を掛けた。

「あたしは市中に不用心な火の気がないか、見廻ってくる。沢田《さわだ》様や村田さんにはそう伝えておいておくれ」

「へ？　へっ、へい」

卯之吉と銀八が戸外に出た。框番の小者は不思議そうに首を傾げた。

「八巻の旦那がご自分から、こんな寒い中、見廻りに出て行かれるとは……」

天と地がひっくり返ってもありえなさそうな話だ。

「富士山が噴火しなけりゃいいがなぁ」

小者は恐ろしそうに首を振った。


卯之吉が銀八を従えて屋外に出ると、それを見越したかのように、三右衛門が奉行所の耳門《じもん》をくぐって飛び込んできた。

「旦那！　おあつらえ向きの風ですぜ！」

白い息を吐きながら勇みかえっている。卯之吉は着物の衿をかき合わせながら頷いた。

「こういう北風が吹くのを待っていたんだけどねぇ……。実際にこうして吹かれちまうと、ああ、寒くって、辛抱たまらないねぇ」

「何を仰ってるんですかい。お命じの通りの用意はできておりやす。さぁ、行きやしょうぜ」

「うん、そうするかねぇ……。あまりに寒くて、気が乗らないんだけどねぇ」

時刻は八ツ半（午後三時ごろ）。北風は上州や野州の山々から吹き下りてくる。

高い山のてっぺんの冷えきった空気が江戸に向かって吹くのだ。確かに寒い。

「こんな日にお役目とはねぇ……。同心様ってのも難儀なお勤めだよ」

愚痴をこぼしながら卯之吉は、三右衛門の後ろを歩きだした。

南本所番場町に着いた時には七ツ（午後四時ごろ）を過ぎていた。空が次第に薄暗くなってきた。

「これから遊びに出ようかって時には、暗くなるのが待ち遠しいものだけど、仕事ってことになると、暗い空が切なく感じられるものだねえ」

ブツブツと呟きながら通りを歩いていると、

「おう、こっちだ、こっちだ」

蕎麦屋の暖簾《のれん》から顔を出した朔太郎が手を振った。

卯之吉は三右衛門と銀八を従えて歩み寄った。

「こんな所で、何をなさっておいでですかね」

「何を……って」

真顔で訊ねられた朔太郎は、困り顔で答えた。

「この蕎麦屋を、南町の八巻サマの名で借り切ったのよ。二階から例の仕舞屋がよく見えるんだ」

「へぇ? 貸し切り。蕎麦屋でも、貸し切りとなれば高くつくでしょう」

「馬鹿を言え。『八巻様の御用だ』って言ったら、只で貸してくれたぜ。とにかく入りな。道で立ち話じゃあ人目についてしょうがねぇから」

卯之吉が暖簾をぐぐると、即座に台所から、蕎麦屋の親爺がすっ飛んできた。

「これはこれは八巻様。お手柄のお噂は、いつも耳にいたしております」

愛想笑いを浮かべて、ペコペコと低頭した。

江戸の町人である蕎麦屋にとっては、町奉行所の同心は地獄の獄卒(鬼)のように恐ろしい存在だ。まして夜な夜な辻斬り退治に出役する〝人斬り同心の八巻〟とあれば尚更である。

しかし、それでいて八巻同心は、江戸三座の役者もかくやと謳《うた》われるほどの美貌の持ち主。袖の下の賂《まいない》などは一切受け取らない清廉潔白な人格者としても知られていた。まさに江戸の名物男と呼ばれるに相応《ふさわ》しい人物であったのだ。

親爺は、恐れ敬いながらも、興味津々に卯之吉の顔を見つめてきた。

「なるほど、世間の噂通りの、お美しいお姿にございますなぁ」

「やいっ」と激昂《げっこう》したのは三右衛門だ。

「うちの旦那は役者でも芸人でもねぇ！　ふざけた物言いをしやがると只じゃおかねえぞ！」

「へっ、これはとんだご無礼を……」

一方、卯之吉は、二人のやりとりには我関せず、という顔つきで、蕎麦屋の造りなどを見つめている。

「このお店に来るのは初めてだねぇ」

親爺が「へい」と答えて頭を下げた。

卯之吉は懐から紙入れを取り出すと、小判を二枚ばかり、懐紙に移して包み直した。

「これからは贔屓《ひいき》にさせてもらうよ」

親爺に包みを握らせる。親爺はわけがわからず、目をパチクリさせた。

「やいっ、卯之さん！　飲み食いに来たわけじゃねぇんだから、初めて来た店だからって祝儀なんか渡さなくってもいいんだよ！」

「は？　そうですかねえ」

「いいから、二階に上がるぞ」

これ以上卯之吉を野放しにしておくとボロが出る。そう判断した朔太郎は卯之吉を二階に引っ張り上げた。

階段を上っていく二人を、蕎麦屋の親爺が茫然と見送った。そして、手に小判を握らされていることに今更ながら気づいて、恐る恐る、三右衛門に目を向けた。

「これ……、どうしましょうか？」

三右衛門は渋い表情だ。下唇を突き出して答えた。

「旦那がくれたモンだ。有り難くもらっとけィ」

「へっ、へいっ……！」

親爺は両手で小判を伏し拝む仕種《しぐさ》をした。

「すぐに、温かい蕎麦と、燗酒をお持ちいたしますので」

いそいそと台所へと戻っていく。三右衛門と銀八も二階に上がった。

「こっちの座敷だ」

朔太郎が二階座敷の障子を開けた。

卯之吉は、座敷の窓辺に寄り掛かった男に目を留めた。

「源さんじゃあござんせんか」

源之丞が窓の外を注視している。ちょっとだけ卯之吉に目を向けて、

「おう、来たか」

と言った。

卯之吉は座敷の中に入っていって、丁寧《ていねい》に膝を折って座った。

「なんですね、窓を開けっ放しにして。冷たい風が入ってきますよ。閉めておくんなさい」

「何を言っていやがる」

毎度のことながら非常識で場違いな物言いに、源之丞が呆れた顔をした。

「見てみなよ、ここから例の仕舞屋のな、湯釜の焚口がよく見えるんだ」

「へぇ？」

卯之吉は腰を上げ、窓から身を乗り出した。

「なるほど」

仕舞屋の裏手が丸見えだった。

「あのお人は、仕舞屋の雇われ者でしょうかね」

焚口の前に一人の老人が座り、薪をくべては、火吹き竹に息を吹き込んでいる。

源之丞が答えた。

「さっきから見ているがな、家のモンは、あの爺さんだけらしいぜ。あの爺さんの姿しか見えねえんだ」

「でも、若い娘さんが住んでいらっしゃるはずでしょう」

「その娘の姿は見てねえ。もっとも、大店のお嬢なのか妾なのかは知らねえが、そんな女が裏庭で仕事をするとも思えねえからな」

横から朔太郎が答えた。

「あの湯に爺《じじい》が手前ぇで入《へえ》るわけじゃあないだろう。娘のために沸かしているのに違いねえ。仕舞屋には娘がいると見たぜ」

「なるほど。……おお寒い」

卯之吉は身震いしながら窓辺を離れて、火鉢の前に座った。そこへ親爺が大きな盆を両手で掲げて、蕎麦を運び込んできた。

「お口に合うかどうか……。手前の生国の、信濃の蕎麦でございます」

椀の中で、かけ蕎麦が湯気を上げていた。

「おお有り難いねぇ。あったかな物なら大歓迎さね」

卯之吉は子供のように歓喜を顔中に表わした。

親爺は蕎麦の椀を並べながら、不思議そうに、一同の顔を見た。

三右衛門と銀八は、同心に仕える岡っ引きと小者なのだとわかる。しかし、歴《れつき》とした武士の格好をして、殿様のような威風を放つ源之丞と、遊び人のふうの朔太郎の正体を計りかねている。

伝法な口調の朔太郎は同心の変装で、源之丞は与力なのだろうと考えた。

「お酒もお持ちしますので」

「いや、酒はいらねえ」

朔太郎が即座に断った。チラリと卯之吉に目を向ける。

「酒を飲み始めると途端に腰が重くなるヤツがいるんだ。酒なんか、絶対に運んでこねぇでくれ」

「へい。それでは、どうぞごゆっくり」

挨拶をして、親爺が出ていった。

卯之吉は源之丞に声を掛けた。

「源さんも、こっちに来てお食べなさいよ」

しかし源之丞は窓から離れようとしない。

「俺はいらぬ」

卯之吉はププッと失笑した。

「本当に変わったお人ですねえ。町奉行所の仕事なんかが、そんなに楽しいのですかね」

源之丞は「フン」と鼻を鳴らした。

「こちとら毎日、暇で暇で死にそうなんだ。たまにはこういうのも良い」

「好きにさせとけ」

朔太郎は割り箸を取ってパッキリと割った。

「割り箸たぁ、ずいぶんと奢《おご》っていやがるぜ」

割り箸は、その客が初めて使用する箸であると証明する物なので、使い回しの塗り箸よりも高級とされていた。

「南町の八巻様の御利益だな。親爺め、並の客にゃあ滅多に出さねぇ割り箸まで持ち出したようだ」

「さて、お味は……」

卯之吉は汁をすすって、「おや」と声を上げた。

「汁に生姜《しょうが》を溶かしてあるようだ。これはなかなかの美味ですねえ」

「腹ごしらえをしたら討ち入りだ。呑気《のんき》に賞味している場合じゃねえぞ」

朔太郎はそう言ってから、首を横に振った。

「まったく、なんてぇ野郎だい……。お前さんが万が一、寺社奉行所の同心だったら――なぁんて考えたら、急に寒けがしてきやがった」

真面目な顔つきで身を震わせたのであった。


「よし、それじゃあそろそろ、乗り込みますかねぇ」

卯之吉が腰を上げた。階段を降りていくと、階段の下でこっそりと二階の様子に聞き耳を立てていた親爺と鉢合わせをした。

三右衛門が親爺をひと睨みする。

「八巻の旦那のお出役だ。邪魔するんじゃねぇ」

「へっ、へい！」

親爺は台所に引っ込み、一同はそれぞれの雪駄を履いて表道に出た。

ちょうどその時、荒海一家の寅三が、子分たちを十人ほど引き連れて到着した。卯之吉は仕舞屋の生け垣の片開きの戸の前に立った。

朔太郎が卯之吉に目を向けた。

「それで、どうする」

卯之吉は黒巻羽織の裾を綺麗に整えつつ、平然と答えた。

「正面から乗り込みますよ。そのためにお役人様の格好で出てきたのですから」

「格好も何も、卯之さんは役人だろうよ」

「ええ。ですからね。これから南町奉行所の役儀を果たそうと思ってるんです」

卯之吉は乗り込みの算段を朔太郎と源之丞に語って聞かせた。

「……という手筈《てはず》で参りますよ」

「ふん？　上手くいくかな？」

源之丞がちょっと首を傾げる。

「なぁに、権柄《けんぺい》ずくでゆけば、なんとかなるさ」

朔太郎は卯之吉の策に同意した。

卯之吉は銀八と三右衛門に目を向けた。

「おやぶ——じゃなかった、三右衛門は、裏手に回っておくれ。裏の戸口から逃げられたら面倒だからね」

「そういうことなら、子分どもも二手に分けやしょう。やいッ寅三、手前ェは旦那のお供をしろ」

「合点で」

三右衛門は子分の五人を選り分けて従えると、生け垣を大きく回って屋敷の後ろに向かった。

第五章　湯気と暗鬼

一

「さぁて、そろそろ始めましょうかね」

三右衛門たちが裏口を固めた頃合いを見計らい、卯之吉は生け垣の戸の前で叫んだ。

「もぅし、お頼み申しますぅ」

猫の鳴くような声だ。声を掛けたあとで耳を澄ましたが、屋敷の中から返事はなかった。

「おう、そんなんじゃ駄目だ」

焦《じ》れた源之丞が踏み出してきた。

「南町奉行所の御用である！　押し通るッ」

片開きの戸をバンッを開くと、ズカズカと仕舞屋《しもたや》の敷地に踏み込んだ。

「家人はおるか！　南町の検《あらた》めであるぞ！　出ませィ！」

さすがに大名育ちで、他人を怒鳴りつけ慣れている。獅子《しし》の吠えるような大声に仕舞屋の軒が揺れたようにも思えた。

仕舞屋の裏手から老僕が走り出してきた。先ほど焚口《たきぐち》に薪《まき》をくべていた男だ。恐怖にうろたえた目つきで卯之吉たち三人を見つめている。頭に被《かぶ》っていた灰除《よ》けの手拭いを取って、ヘコヘコと低頭した。

「ほら、卯之さん、なんか言いなよ」

源之丞が小声で卯之吉を促す。

「俺は本物の役人じゃねえんだ。こういう時の口上は知らねえ」

卯之吉はのほほんと呑気《のんき》な顔で微笑した。

「あたしだって、本物のお役人様じゃござんせんよ。金で同心株を買っただけの者ですからねえ」

「そんなこたぁいいから、早く話を進めろ」

「あいあい」

卯之吉は前に二歩ほど踏み出した。

「あたしは南町の同心で、八巻卯之吉って者だけどねえ――」

「南町の八巻様！」

老僕が精一杯に目を見開いた。卯之吉の評判は、この老僕の耳にも、針小棒大に伝わっていたらしい。

「あたしを知っているのなら、話は早いね」

老僕は下総あたりの百姓の出稼ぎであるようだ。百姓らしくその場に土下座をした。

「へへーっ！」

額を地べたに擦《こす》りつける。朔太郎は苦笑してその様を見つめた。

「卯之さんの御威光、てぇしたもんだな」

「やめておくんなさいよ。ええと、ゴホン」

咳払いをしてから、続ける。

「そんな格好をされたんじゃあ話にもならない。顔を上げておくれな」

優しい声をかけられたので、老僕は恐る恐る、顔を上げた。

「……お、お叱りでは、ございませんので？」

役人が大声を上げながら乗り込んでくる——などというのは、よほどの事態だ。きつい咎《とが》めを覚悟していたのであろう。

卯之吉は「ええとね」と、考えながら、続けた。

「こちらの仕舞屋には、湯殿があるようだね」

「えっ……」

「ちょうど、前の道を通り掛かったら、こちらの仕舞屋から、火の粉がね、飛んでいるのが見えたのでねえ」

そこは嘘であるのだが、焚口から火の粉が舞っていたのは事実である。

「知っての通り、このお江戸では、滅多なことじゃあ湯釜を据えてはならないことになっている。火事になったら大変だからね。お上の格別のお情けで、湯釜を据えることが許されている場合でも、風の強い日に湯を沸かすのは厳禁だ。それが稼業の湯屋を除いての話だけどね」

「ええいっ、まだるっこしいな！」

卯之吉の嚙んで含めるような、というか、調子の外れたお経のような物言いに、源之丞のほうが焦れてしまって、怒鳴った。

「烈風の吹きすさぶ日にも拘わらず、浅慮にも湯釜に火を入れるとは何事かッ！

江戸市中に火を放たんとする悪謀にも等しきふるまい！　断じて許してはおけぬッ」

「ひぃいっ！」

　老僕は腰を抜かして真後ろに転がった。

「ふ、風烈見廻の、与力様にございましたか……」

　風烈見廻とは、町奉行所の役職のひとつで、風の強い日に市中を見廻り、引火しそうな火を焚いている者を叱ったり、倒壊しそうな荷を片づけさせたりする役目のことだ。風のない日には仕事もないという、ずいぶんと暇な役職なのだが、強風の日の権威は格別である。風烈見廻の役人に目をつけられたら、晩御飯の竃《へっつい》の火でも落とさなければならなかった。

　老僕はうろたえきった視線を源之丞に向けた。源之丞は袴をつけているし、同心の卯之吉よりも偉く見える。実際に偉いのだから当然なのだが。

　そのような理由で老僕は、源之丞のことを風烈見廻の与力だと勘違いしてしまった。

「へへーっ！　まことに、まことに、申し訳ございませんッ」

　源之丞は、風烈見廻の役人なのかと問われたわけだが、そうだとも違うとも答えなかった。そうだと答えれば詐欺になるが、相手が勝手に誤解している分には詐欺にならない。

卯之吉は優しげな声を老僕にかけた。

「火事の火元になったりしたら、どうなるかわかっているよね？　お前さん、終生遠島だよ」

声音は優しげだが、喋っている内容は恐ろしい。

江戸の最大の弱点は火事だ。為政者たちは火事をもっとも恐れ、憎んだ。過失に因《よ》る出火でも、火元は遠島刑。付け火（放火）は火炙《あぶ》りの極刑であった。

「貴様だけではないッ。貴様に湯を沸かすように命じた主《あるじ》も、当然、連座だ」

源之丞が調子に乗って怒鳴った。

「ひえっ、お、お許し……！」

老僕は今にも島流しにされるかのように驚怖して、身震いし続けた。

「そういうことなのでね、湯殿を検めさせてもらいますよ」

卯之吉は腰を抜かした老僕の横を通って、仕舞屋の裏手に踏み込んだ。表道に通じる戸は寅三たちが固める。屋敷の中からは誰も抜け出すことができない。

「ああ、ここか。これはいけない」

湯釜の焚口では薪が真っ赤に燃え盛り、火の粉が盛んに飛び散っていた。卯之吉はその様子を見て、感心したような顔をした。

「これはなかなかの火付け上手だ。なるほど、薪の重ね方に一種独特の工夫があるようだね。あたしの屋敷にも火の付け方を教えに来てもらいたいもんだ。なにしろ美鈴様は火の扱いが不器用でして、いつも顔中が真っ黒になるほど火吹き竹を吹いていなさるのですが、それでもなかなか炎が燃えあがらずに――」

「そんなこたぁどうでもいい」

源之丞が遮った。卯之吉に成り行きを任せていると、上手くいきそうな芝居まで上手くいかなくなってしまう。

「やいッ、親爺!」

大声で呼ぶと、老僕は転がるようにして、やってきた。

「お、お呼びで……」

「これを見よ！　盛大に火の粉が飛び散っておるではないか！　火の粉は風に舞い、隣家の屋根に達しようとしておるぞ！　この不届き、なんといたす！」

「もっ、申し訳も……」

「貴様では話にならぬ。主を出せ」

老僕は冬だというのに顔面に汗を滴らせて答えた。

「この仕舞屋は、寮でございますれば、主は留守にいたしておりまする」

源之丞はなおも問い詰めた。

「主は留守でも、こうして湯を沸かしておるのだ！　何者かが住み暮らしておるのであろう！　その者を出せ！」

卯之吉は、朔太郎の耳元で囁《ささや》いた。

「源さんって、あたしなんかよりもずっと、町方のお役人様に向いていらっしゃいますよねえ？」

朔太郎としては、調子にのり過ぎの源之丞と、まったく無責任な卯之吉とを交互に見て、呆《あき》れ顔をするより他になかった。

老僕は恐縮しきって答えた。

「確かに、お、お住まいでございます……」

「ならば、その者と談判いたす」

すると、今までひたすら恐れ入っていた老僕が、決死の表情で顔を上げた。

「そっ、それればかりは、ご勘弁を――」

老僕が涙も流さんばかりに訴えたその時、台所の戸が開いて、一人の娘が顔を覗かせた。

卯之吉と、源之丞と、朔太郎が一斉に目を向ける。娘は男三人の視線を受けてもまったく動じた気配を見せず、無表情に見つめ返した。もちろん低頭もしなかった。

老僕が慌てて立ち上がって娘に向かって走った。娘を戸口の中に押し込んだ。

「中にお入りになっていてくださいませ！　てっ、手前がすぐに、旦那様を呼んで参りますから……！」

老僕は源之丞たちの前に駆け戻ってきた。

「主を呼んで参ります！　なにとぞ、それまでお待ちくださいますよう……！」

そう言い残して走って行こうとする。生け垣の戸口に寅三たちが立ちはだかったが、卯之吉は寅三を制した。

「大丈夫だよ。行かせておやり。ご主人に来てもらわないことには、話にならないからねえ」

寅三は道を空けた。老僕は歳に似合わぬ健脚で走り去った。

「さて、この寒空の下で待ちぼうけかね」

卯之吉は暗い空を見上げた。主の許しがなければ家の中には入れない。それがこの時代の仕来りだ。殿様だろうが役人だろうが、他人の家に無断で踏み込むことはできない。

卯之吉は焚口の前に座り込んで両手をかざした。

「おお、あったかだねえ」

その姿を見て源之丞が呆れ顔をした。

「火の不始末を咎めに来たのに、火にあたるって法があるかよ」

しかしそんな常識は、卯之吉には通用しないのである。卯之吉は炎で身体を温めながら、いま目にした娘のことを考えた。

歳は十八、九、ぐらいであろうか。色白で細面、黒髪は髷《まげ》に結い上げず、垂らし髪にして、途中を紅色の組紐で結んでいた。

（背丈は、美鈴様と同じくらいあったねえ）

女人にしては長身だ。スッキリと背筋を伸ばした立ち姿までもが美鈴に良く似ていた。

二

小半時（三十分）ほどが過ぎた頃、表道から「エッホ、エッホ」と駕籠《かご》屋の掛け声が聞こえてきた。駕籠は仕舞屋の前に止まる。転がるようにして駕籠から出てきた町人が、裏庭に駆け込んできて、源之丞の前で土下座した。

駕籠についてきたあの老僕も斜め後ろで土下座する。

主らしき男が挨拶した。

「手前が、この仕舞屋の店子《たなこ》でございまして、升丸屋吉兵衛《きちべえ》と申しますッ」

源之丞としては返事のしようもない。「南町の――」と言ったら騙《かた》り者になる。

卯之吉がようやく腰を上げて、吉兵衛の前に歩み寄った。

「あたしが南町の同心、八巻卯之吉だよ」

「へへーっ！」

吉兵衛はますます深く低頭した。

「ご高名はかねがね、聞き及んでおりまする！　本来ならば手前から南町のお奉行所にご挨拶に罷《まか》り出なければならないところを、このような形でのご挨拶となってしまい、まことに、まことに――」

「ああ、いいから、いいから」

長々として終わりの見えない挨拶を、卯之吉は適当に遮った。しかし源之丞に、「否、よくはない！」と窘《たしな》められた。

「八巻！　この仕舞屋の火の不始末を見逃すことは罷り成らぬぞ！」

すっかり上司の与力気取りで言い放つ。

「ああ、左様でございました。お宅の使用人さんから、話は聞いていると思うけれど……」

「ハハーッ！　まことに、申し訳なき次第にございまする！」

卯之吉は、だんだんとこの吉兵衛が可哀相になってきた。自分たちは風烈見廻とはなんの関わりもない者たちなのだ。無道な横車を押して苛《いじ》めているのと変わりがないような気もしてくる。

（しかし、まぁ、天竜斎センセイを殺《あや》めたお人を捕まえなければならないわけですし）

ここは心を鬼にして、策謀を進めていくしかない。

「それじゃあ検分しますよ。湯殿を見せてもらいましょう」

「ははっ、た、只今」

吉兵衛は老僕に指図した。老僕が台所の戸を大きく開ける。仕舞屋には玄関などはない。台所が出入り口となるのだ。

卯之吉は寅三を呼び寄せた。

「屋敷の外回りは一人か二人で見張ればいい。子分さんたちを集めておくれ」

「へい」

寅三は子分を指図するために走り、卯之吉は台所に踏み込んだ。老僕が源之丞の足元に屈み込んで足袋を脱がせている。さすがに殿様は偉い。足を水で濯《すす》いだりはせずに、足袋を履き替えるのだ。

一同は吉兵衛の案内で湯殿に入った。

「なるほど、これは奢《おご》った湯殿だ！　町人風情にはけしからぬ造りであるぞ！」

湯殿を一目見るなり、源之丞がそう決めつけた。

湯釜で沸かした湯を、木製の湯船に汲み入れる構造になっている。五右衛門風呂よりは高級な造りだ。しかし、卯之吉は首を傾《かし》げた。

「言うほど贅沢《ぜいたく》ですかねぇ？　あたしの家では――」

慌てて朔太郎が袖を引いた。急いで耳元で囁いた。

「咎めなければならねぇ場面なのに、助け口を出してどうするんだよ！」

「ああ、そうでしたね」

卯之吉はようやく、何をするためにここに来たのかを思い出したような顔つきで、吉兵衛に目を向けた。

「吉兵衛さん、あなたのようにご立派な商人さんなら、とうぜん知っているだろうけれど、今日みたいな風の強い日に、風呂を焚くのは御法度なんだよね」

吉兵衛は今度は、廊下の上で平伏した。

「まことに申し訳なく……！」

「町奉行所の役人も、これが役儀だからねぇ……。可哀相だけれど、見過ごすわけにはいかないんだよ」

「もったいないお言葉。なんなりとお咎めをお申しつけくださいませ！」

「うん。それじゃあ遠慮なく言わせてもらうけどね、この湯船を壊させてもらうよ」

「ははっ」

「おや？　本当にいいのかい」

「お上の仰せとあれば、喜んで従いまする」

卯之吉は大きく息をついた。

「それじゃあ、やらせてもらうよ。三右衛門」

声を放つと、捩《ねじ》り鉢巻で尻端折《しりはしょ》りをした三右衛門が、子分たちを従えてドヤドヤと狭い湯殿に踏み込んできた。

「こいつをぶっ壊すんですな。任せといておくんなせえ！」

子分たちは、どこから持ってきたのか鳶口《とびくち》や掛け矢を手にしていた。三右衛門が「始めろ」と命令すると、勢い込んで鳶口や掛け矢を振り下ろし、湯船と湯釜を破壊し始めた。

さすがに吉兵衛は、微妙な顔つきで見つめている。しかしすぐに我に返って腰を上げた。

「お役人様がた、ご家来衆のお仕事が済むまで、どうぞ座敷でおくつろぎくださいませ」

源之丞や卯之吉としても、打ち壊しの土埃《つちぼこり》の舞う中に立っていたくはない。

「そうさせてもらおう」

源之丞が真っ先に湯殿を出た。その後に卯之吉と朔太郎、そして最後にちゃっかりと銀八が続いた。

座敷も、仕舞屋にしては豪勢な造りであった。四人の前には茶が置かれている。主は奥に引っ込んだまま出てこない。朔太郎は欄間の透かし彫りや、襖の絵などを眺めながら訊ねた。

「卯之さんよ、この仕舞屋を借りるとなると、一月いくらぐらい取られるんだろうな？」

「さぁ。わかりません」

卯之吉はあっさりと答えた。

「金蔵一つを建てるのに、いくらかかるのかとのお尋ねでしたら、すぐにも答えられますがねえ、手前の家では寮など構えておりませんから、相場もわかりゃあしないのですよ」

三国屋の主の徳右衛門は、趣味に興じるために仕舞屋を借りたり、そこに妾を囲ったりなどは絶対にしない。金儲《かねもう》けが趣味であり、小判を何よりも愛している男だからだ。

摺り足で廊下を歩く音が聞こえてきた。座敷の四人は居住まいを正した。

「お待たせをいたしました」

吉兵衛が入ってきた。その後ろには、いつの間にやってきたのか、店の番頭らしい男が控えていた。二人揃って正座して、深々と低頭した。

「このたびの不面目。お上のお叱りを賜りまして、この升丸屋吉兵衛、汗顔の至りにございまする」

何度も何度も詫びられると、ますます悪いことをしているような気がしてくる。もちろん、卯之吉は正真正銘の同心で、風の強い日に火の粉を上げている家を見つければ、叱りつけるのも役目のうちなのだが。

それはさておいて、卯之吉は吉兵衛に訊ねた。

「あの娘さんはどうなすったえ？」

「はっ」

吉兵衛は伏せたままの顔を起こそうともしない。卯之吉は重ねて質《ただ》した。

「湯は、あの娘さんのために沸かしたものでしょう」

「そ、それは……」

平伏したままの吉兵衛の肩が、大きく揺れた。

「どうしたえ？　とっ捕まえて島流しにしようってんじゃない。ちょっとばかり話を聞きたいだけさ。ここに出しておくれな」

「そっ、それは……」

吉兵衛はゴクリと生唾を飲んだ。その音が座敷中に響いた。その後で、恐る恐る顔を上げて、答えた。

「そればかりは、なにとぞ、御容赦《ようしゃ》を賜りますよう……」

卯之吉は首を傾げた。

「なんでですね」

吉兵衛は懐紙を取り出して額を拭った。この寒いのに、脂汗でベッタリと濡れている。

「あの御方は、手前の店で預からせていただいているだけなのでございます」

「預かり人？　お店のお客に関わりのある方ってことかえ？」

「そのようにご理解いただければ……」

「ふーん。そのご様子だと、よっぽど大事なお客からの預かり人らしいね」

横から源之丞が、例によって焦れた様子で口を挟んできた。

「そのほうにとっては大事な預かり人かも知れぬが、これはお上の御用なるぞ。つべこべ申さず、早く連れて参れ」

若殿様らしい居丈高《いたけだか》な物言いでの強談判だったが、吉兵衛は臆せずに抗弁してきた。

「お、恐れながら申し上げます！　いかに町奉行所の与力様でも、触れてはならぬものがあろうかと、存じあげます」

「なんだと？」

源之丞が凛々《りり》しい眉毛をひそめる。卯之吉は呑気な顔つきで首を傾げた。

「それはつまり、町方の詮議の及ばぬあたり——ということかえ？」

吉兵衛は卯之吉に向き直って答えた。

「そうお考えくださいませ」

それから、腹を据えた顔つきとなって言った。

「どうしてもあの御方を御詮議なさると仰せでございますれば、手前は南町のお奉行様の許に、ご挨拶に窺《うかが》わねばなりませぬ」

南町奉行と直談判して、卯之吉たちの詮議を止めさせる——というつもりのようだ。

卯之吉の隣で朔太郎がため息を漏らした。

「町奉行サマに横車を押せるほどの御方ってことかい。卯之さんよ、どうやら勝ち目はなさそうだぜ」

すかさず番頭が袱紗《ふくさ》に包んだ何かを差し出してきた。膝行《しっこう》してきて、源之丞と卯之吉と朔太郎の前にそれぞれ置いた。

「どうぞ、お納めくださいませ」

朔太郎は袱紗をチラリと捲《めく》ってみた。中には金座の後藤家の割り印が入った包み金が納められていた。

「二十五両かい。これで何もなかったことにしろ、って言いたいのかい」

「何もなかったことにしていただけるのならば、幸いにございまする」

「どうするよ、卯之さん」

「仕方ありませんねえ」

卯之吉は頷《うなず》いた。

「湯船は壊したことですし、これで落着といたしましょうかね」

「ならば」と源之丞が袱紗を鷲摑《わしづか》みにして懐に入れた。この若殿様は、小藩の冷飯食らいで金にはいつも困っている。意外とがめつい。

朔太郎も寺社奉行所の大検使だから、賄賂《わいろ》は受け取り慣れている。実に無造作に、悪びれた様子もなく懐に入れた。

一人、卯之吉だけが知らん顔をしている。

「あたしは、いりませんよ」

朔太郎が苦々しげな顔をした。

「おいおい。こんな所で清廉潔白な人士を気取るつもりかよ」

「でも、本当にいらないのですよ」

卯之吉にとっては二十五両など、取るに足りない端金《はしたがね》だ。

「湯殿を壊しちまったからね、大工を入れるときの足しにしておくんなさい」

などと言って、吉兵衛に返そうとした。

「馬鹿を抜かせ」

朔太郎が卯之吉の手に包み金を握らせる。

「卯之さんがコイツを受け取らねぇと、この騒動、双方納得のうえでの手打ちってことにならねぇんだよ。升丸屋を困らせるんじゃねぇ」

「はぁ、そうでしたか」

卯之吉は特に意地を張るでもなく、包み金を懐に入れた。

「そういうことでしたら、遠慮なく」

升丸屋はまた、深々と低頭した。

「手前どもへのお心遣い、かたじけなく存じあげまする」

「うん。あたしたちがここに来て、湯殿を壊していったってことも、なかったことにしておくれ。うん。それがいい。好都合だ」

源之丞が風烈見廻与力を思わせる態度を取ったことも、奉行所に知られずにすむ。

「なるほど、八方丸くおさまったね」

卯之吉は一人で満足そうに微笑した。

卯之吉たちは表道に出た。升丸屋吉兵衛と番頭、そして老僕に見送られながら角を曲がった。

十分に遠ざかったところで、卯之吉は三右衛門に訊ねた。

「追《つ》けられていないかな？」

三右衛門は元の道に戻って、仕舞屋の様子を窺《うかが》った。

「追けて来てはいねえようです」

「よし、それなら安心だ」

卯之吉は足を止めて、一同に目を向けた。

「これで湯船はこっちの手に入った」

荒海一家の子分たちが引く荷車に、湯船の残骸が載せられている。

「さて、それでこれから何が始まると思いますかね？」

「何が起こるかと問われても……」

源之丞が視線を泳がせる。朔太郎も首を横に振った。

「オイラにも、はっきりしたことはわからねえな」

卯之吉は笑顔で頷いた。

「あたしもです。こうして湯船を運び出したのも、何が起こるのかを知りたかったからなのですが……。そうですね。荒海一家の皆さんには、こっそりと人目につかないようにして、あの仕舞屋の様子を見張っていてもらいましょうかね」

「合点だ。任しといておくんなせえ」

三右衛門が力強く頷いた。

「頼んだよ」

卯之吉は、懐から二十五両の包み金を出して、丸ごと三右衛門に握らせようとした。三右衛門は慌てて手を引っ込めた。

「金なら、この前、お預かりしたばっかりでさぁ」

このうえ二十五両もの大金を押しつけられてはたまらない。

「あれ、そうでしたっけ」

卯之吉は金を渡したことなどすっかり忘れた顔つきだ。

「仕方がない。それじゃあこのお金は、あたしが預かっておくことにしましょう。うーん。自分の金じゃないとなると、なんとも懐の座りが悪い」

一同は不思議な生き物を見るような目つきで、卯之吉を見守った。

「ご注進！」

旗本寄合七千二百石、坂上丹後の屋敷に、家士の鎌田が駆け戻ってきた。屋敷にあがると真っ直ぐに、楡木が待つ御用部屋へと向かった。

楡木は、天竜斎や卯之吉に湯船の盗み出しを頼んだ時と同様の、陰鬱な顔つきで書見をしていた。

「楡木様！　一大事にございます！」

鎌田は廊下で平伏し、座敷の楡木に向かって言上した。楡木は眉をひそめて、鎌田を見た。

「そこでは話にならぬ。入れ」

「ハッ」

鎌田は座敷に入ると、杉の板戸をすべて閉ざした。

楡木は険しい目つきを鎌田に向けた。

「して、何事が起こったのか」

「ハッ」

鎌田は畳に両手をついて平伏してから答えた。

「懸案の仕舞屋に、南町奉行所の風烈見廻が入り、湯殿を壊しましてございまするッ」

「なんじゃと？」

「本日はこのように風も強く……。にもかかわらず、かの仕舞屋では湯釜に火を入れていたようにございまして、風に乗って飛び散る火の粉を見咎められたらしゅうございまする」

楡木は「ふーむ」と唸《うな》って、考え込んだ。

「我らが手を下さずとも、町方の役人が湯殿を壊してくれた、ということか」

「まさに天佑神助《てんゆうしんじょ》にございまする！」

楡木は二度、三度と首を傾げた。

「あまりにも都合が良すぎはせぬか。話が上手く運びすぎておる」

しかし、楡木が感じた不安を、鎌田は感じていないらしい。

「烈風の吹きすさぶ日にもかかわらず、湯釜に火を入れておれば、咎められるのは当然のことかと」

「うむ……」

不得要領ながら、楡木は顔を上げた。

「いずれにしても願った通りになったのだ。次の策に移らねばならぬな」

「ハッ」

「そのほうども、引き続き事に当たれ」

「畏《かしこ》まりましてございまする！」

鎌田は尻から下がって、杉戸を開け放ってから、退出していった。

楡木は遠い視線を庭に向けた。

「事が動き始めた……。もはや後戻りはできぬ」

庭にチラチラと白い物が舞っている。「雪か」と、楡木は呟《つぶや》いた。

三

その頃、問題の仕舞屋では、卯之吉たちを送り出した吉兵衛が、番頭を前に苦《く》悶《もん》の表情を浮かべていた。

「これは、偶然が重なっただけなのであろうか？」

番頭が問い返す。

「と、おっしゃいまするとと？」

吉兵衛は莨盆《たばこぼん》を引き寄せ、煙管を出して刻み莨を詰め始めた。焦燥《しょうそう》を募らせているらしく、上手く莨を詰めることができない。

「湯船のことさ」

「和気ノ天竜とかいう医師が、湯船の板を欲しいと言ってきたね」

「はい。人の膏《あぶら》を吸った板は、薬種になるとか、申しまして」

「あの男、こちらの仕舞屋には、身分の高い御方が隠れ住んでいるはずだ、などと、堂々と仄《ほの》めかしたそうだ。いったいなんの魂胆があってのことだろうか」

番頭は、チラリと奥座敷に目を向けた。奥座敷には、あの娘がいる。

「素性を、嗅《か》ぎつけられたのでございましょうか？」

「おそらく、そうだろうね。薬種が欲しいなどという口上は、こちらの腹の内を探るための騙《かた》りさ。いずれは本性をさらけ出し、口止め料など求めてくるつもりだったのに違いないんだ」

「あるいは、楡木様が放った密偵だったとも考えられます」

吉兵衛はため息を漏らした。

「英照院《えいしょういん》様もそのようにお考えになったのに違いない」

番頭が身震いを走らせた。

「それゆえ、その医師を……」

「始末したのだ」

「なんと無残な話にございましょう」

吉兵衛は舌打ちした。

「他人《ひと》様の死を悼《いた》んでいる場合じゃないよ。あたしたちだって、ちょっとでもしくじりを犯せば、お手打ちになること間違いなしだからね」

「はいッ、心いたしまして……」

「それよりも、あの風烈見廻の与力様と、八巻様のことだよ。あの御方たちは本当に、南のお役人様なんだろうか？」

番頭は大きく頷いた。

「与力様はともかく、八巻様は間違いなく、評判の、八巻様でございましたよ」

「お前、八巻様のお顔を見知っていたのかい」

「はい。なんと申しましても南町――いいえ、南北町奉行所きっての切れ者と評判の同心様でございますから、お顔ぐらいは見憶えておかないと、いざという時にとんだ粗相をすることになりかねないと、左様に心得まして」

「ふむ。お前がそう言うのなら、今日の皆々様は、南町のお役人様方で間違いないだろう」

吉兵衛は疲れ切った顔を横に振った。

「しかし、なんだってみんな、湯船なんかにこだわるのかねえ？」

「やはり、単なる偶然かと。今日の場合は、この烈風の日に湯釜に火を入れた、こちらの不行き届きにございまする」

吉兵衛が不承不承、頷きかけたその時であった。

「開けるぞ」

奥座敷に続く襖の向こうから声がかかった。吉兵衛と番頭は急いで退いて深々と低頭した。

襖がカラリと開けられる。例の娘が着物の裾をゾロリと引きずりながら入ってきた。

「役人どもは帰ったのか」

「ハッ、とんだ不手際。この吉兵衛のしくじりにございまする！　いかようにもお仕置きくださいませ！」

吉兵衛は畳に額をグリグリと擦りつけて詫びた。しかし娘は吉兵衛の詫び言にはなんの関心もないらしい。「許す」とも「許せぬ」とも答えず、まったくの知らぬ顔をして話題を変えた。

「湯には浸かれぬようじゃな」

「は？」

吉兵衛は一瞬戸惑ったが、すぐに低頭し直して答えた。

「申し訳ございませぬ！　湯釜も湯船も壊されまして、持ち去られてしまいましたもので……」

「湯には浸かれぬのだな」

娘は不機嫌な顔をした。

「この厳寒、湯に浸からねば、寝ることとて叶《かな》わぬぞ」

江戸っ子は熱い湯にたっぷり浸かって温まって、そのまま寝床に潜り込む。ろくな暖房もない時代、湯で火照《ほて》った自分の身体だけが唯一の頼りであったのだ。

「凍えて寝ろと申すのか」

「めっ、滅相もございませぬ――」

「湯屋があったな」

「はっ……？」

「この町内には、湯屋があったな」

「ご、ございまするが、しかし……！」

吉兵衛は目に見えて慌てふためき始めた。

「下賤なる町人どもと同じ湯に浸かるなど、あってはならないことにございまする！」

娘は唇を尖《とが》らせた。

「ならば、凍えて寝ろと申すか」

「い、いえ、それは……」

吉兵衛の額に、玉のような汗が浮かび始めた。

「おい、出て来やがったぞ。あの娘だ」

三右衛門が寅三に注意を促した。例の蕎麦屋の二階座敷から、仕舞屋の様子を窺っている。

「へい。確かに娘っ子が出てきやした」

細く開けた障子の隙間越しに寅三が確かめる。娘が老僕を引き連れて出てくるのが見えた。これからどこかへ向かうらしい。

「寅三、若いのを二人ばかり連れて後を追え。オイラは仕舞屋の見張りを続ける」

「合点だ」

寅三は蕎麦屋の階段を駆け下りた。一階の土間には荒海一家の子分たちが詰めている。卯之吉の小判がものを言い、蕎麦屋は貸し切りの状態だった。

「三吉《さんきち》、巳之松《みのまつ》、来い」

寅三は目端の利いた若いのを二人選んだ。三人でこっそりと表道に出た。

「おい、あそこだ」

娘と老僕の二人連れが道の先に見えた。寅三たちは気づかれぬように距離をおいて、こっそりと後を追け始めた。

「暗くなってきやがったな」

空にも目を向ける。冬の日没は早い。

「こんな刻限に、若い娘と爺《じじい》の二人連れで出歩くってことは、そう遠くまで行くつもりもねえと見たぜ」

夜の尾行は、こちらの姿が見えないけれども、あちらの姿も見失いやすい。寅三は注意して歩を進め続けた。

老僕が案内して、娘に道を教えながら進んでいるようだ。娘には土地勘がないようだと寅三は見て取った。

やがて二人は一軒の湯屋に入っていった。

軒下で弓矢が風に揺れている。『弓射る＝湯入る』という洒落《しゃれ》で、営業していることを客に知らせる看板だ。

寅三と子分二人は、湯屋の前で立ち止まった。

「なんだよ、湯に入りに来ただけだったのか。考えてみりゃあ、内湯を壊されちまったんだから、湯屋に通うのは当たり前だな」

格別の動きを見せたわけではないと知って、寅三は少しばかり落胆した。

「どうしやす、兄ィ」

三吉が訊ねた。

「あっしらも湯屋に踏み込みやすかい」

寅三は考えた。

「着物を盗まれねぇ用心のために、湯屋の出入り口は一つしかねぇ。ここで待ってりゃあ、いずれは出てくるだろうが、念のためだ。三吉は湯に入れ。巳之松は裏口に回るんだ。三助たちが出入りする、釜場の戸口から抜け出さねぇともかぎらねぇ」

「へい。あっしは裏を見張りやす。それで、兄ィはどうなさるんで」

巳之松が訊ねる。寅三は湯屋の二階を見上げた。

「俺は二階座敷に上がる。洗い場を覗ける穴があるはずだ」

湯屋の二階は社交場になっている。と同時に、好色な男どものために洗い場を覗く穴が開けられていた。

「何かあったらすぐに知らせろ」

「合点だ」

子分二人は声を合わせた。寅三は三吉と一緒に湯屋に入った。

「二人だ」

番台に銭を置く。

「俺は二階を借りるぜ」

二階座敷に上がるには、余分の銭を払わなければならない。寅三は三吉と別かれると階段を上った。

二階座敷には畳が敷かれてあった。昼間には暇人たちが集まって、将棋を指したり、無駄話に興じたりしているのだが、さすがに日が暮れると人の姿はない。江戸っ子たちは日が暮れるとすぐに寝てしまうからだ。

座敷は暗い。冬なので寒い。夏であれば湯冷ましもする者もいたであろうが、冬場は身体があったまったらすぐに寝床に直行しなければならない。菓子売りの少女がいたが、ちょうど引き上げようとするところであった。寅三は呼び止めて、売れ残りの菓子を買い取ってやった。

「ありがとうございます。今、お釣りを」

「なぁに。いいんだ。取っておきなよ」

少女は嬉しそうにお辞儀をした。寅三としては、今後も仕舞屋の娘を見張りに来るかもしれないわけで、菓子売りの少女を手懐《てなず》けておいて損はないわけである。

寅三は、覗き穴に向かった。昼間は助平男が鈴なりになっているその場所も、今はまったく人影がなかった。

「無理もねえ。なんにも見えやしねえじゃねえか」

洗い場は暗い。しかも湯気が立ちこめている。湯屋は熱気が逃げないように造られているので、そもそも窓が小さいうえに、黄ばんだ油紙が張られていた。夜ともなれば尚更暗い。客たちは手さぐりで自分の身体を洗わなければならなかった。江戸の湯屋は混浴だったが、美女の身体を眺めるどころではない。

「二階座敷に陣取ったのは、しくじりだったかな？」

これでは見張りにならない。仕方なく耳を澄ましたが、湯の弾ける音や、調子外れの鼻唄が聞こえてくるばかりであった。

四

同じころ、湯屋の前に、息せき切って駆けつけてきた男がいた。

「おっ、ここか」

湯屋の看板を見上げて立ち止まる。そこへ猪俣が小走りに身を寄せてきた。

「鎌田氏、遅いぞ」

「すまぬ！　楡木様の許へ注進に行っておったのだ。……して、かの御方はいずこに？」

「うむ。我らの狙い通り、湯屋に入った」

「ならば我らも――」

「待て！」

猪俣が押し留めた。

「かの御方が湯屋に入ってすぐに、ヤクザ者らしき三人がやってきた。二人は続いて湯屋に入り、もう一人はどこかへ走った」

「なんだと！　いずこの手の者だ」

「わかるものか。……否、拙者の思い過ごしかも知れぬ。ただ、人相が悪いだけのヤクザ者どもを、敵かも知れぬと勘繰っただけに過ぎぬのかも」

「いずれにせよ、あの御方を確かめねばならぬ。拙者が湯に入る」

意気込む鎌田を猪俣が再び止めた。

「いや、拙者が行こう。鎌田氏の得手は剣術だ。しかし湯屋の洗い場に刀を持ち込むことはできぬ。拙者の得意は柔術だからな。裸でも戦えるのだ」

「なるほど、ではここはお主に任すといたす」

鎌田は同意し、猪俣が湯屋に単身のり込んだ。

（さぁて、湯屋に来るのは久しぶりだぞ）

雪駄《せった》は下駄箱に入れる。番号を忘れないようにしないと帰るときに、他人の雪駄と履き間違えてしまう。

番台の親爺に目を向けた。

「いくらだ」

「へい。八文」

毎日湯屋に通う者は、いちいち値段など訊《き》かない。親爺は少し驚いた顔をしてから答えた。

銭を払って脱衣場に向かう。刀は刀掛けに預ける。脱いだ着物は壁際の棚に押し込む。番台の親爺が見張っているので、刀や着物を盗まれることはほとんどない。

猪俣は、他の棚にも目を向けた。

（あの御方の脱いだ着物があるはずなのだが……）

天井には八間《はちけん》と呼ばれる行灯《あんどん》が吊り下げられているが、それでも暗くてよく見えない。手に取って近々と見ればわかるだろうが、そんなことをしたら着物泥棒に間違えられ、親爺に騒がれてしまう。役人などを呼ばれたりしたら大事だ。

（仕方がない……。それに今は、あの御方の裸身を検めるのが先だ）

猪俣は急いで脱衣すると、着物は丸めて棚に入れた。

（しまった。手拭いを持ってこなんだな）

湯船から上がるときに濡れた身体を拭くこともできない。

（ええい！　今はそのような雑事に思い悩んでおる場合ではないッ）

意を決して柘榴《ざくろ》口（洗い場と湯船のある部屋とを隔てる出入り口）をぐっ

た。

目を凝らすが、何も見えない。真っ暗な上に湯気が立ちこめている。湯気を逃さぬようにわざわざ出入り口を低くしてあるのだから当然だ。湯船の中に黒い影が十人分ほど、ぼんやりと蠢《うごめ》いて見えるばかりであった。

（これでは、誰が誰やらまったくわからぬぞ）

とにかく、近づいてみるかと思案して、猪俣は湯船に足を踏み入れた。途端に、誰かの肌に足が触れた。

「やい、気をつけやがれ！　ヌウッと入ってくるやつがあるか！　一声掛けてから入ってこい」

伝法な口調から察するに町人だろう。

（なにを無礼な！）と憤ったものの、ここで騒ぎを起こすことはできない。それに相手もこちらのことを、武士だとは思っていないのだ。この町内に武家屋敷はないからだ。

「むむ……、すまぬ――すまねぇ」

町人の口調を真似て詫びながら、猪俣は少し奥へと移動した。

（しかし、熱い湯だな！）

湯に突っ込んだ足の皮膚が沁みる。肌を刺すような高温だ。湯冷めをしないように、という理由の他に、感染症を防ぐ目的もあった。江戸で猖獗《しょうけつ》を極めていたのは梅毒だが、梅毒菌は四十五度ほどの熱に晒《さら》されると死滅する。江戸時代の人々は経験からその事実を知っていた。

猪俣は苦悶の声を漏らしながら、どうにかこうにか、熱い湯の中に身を沈めた。

「うっ、ううう、うーっ」

長い息を吐く。次第に身体が湯の熱さに慣れてきた。

(うむ、慣れてしまえば、なかなかに心地が良いぞ)

いつもは屋敷の狭い湯船で、両足を抱えて湯に浸かっている。

(広々した湯船は良いものだ)

などと感心している場合ではない。

(おっと、あの御方を見つけなければ)

闇の中に視線を走らせる。目が闇に慣れてきて、人の姿形がうっすらと、見て取ることができるようになってきた。

(うむ、あれだ)

髷《まげ》を結わずに垂らし髪にしている者がいる。

（近づきすぎてもならぬ）

猪俣は細心の注意を払いながら少しずつ、その影に身を寄せていこうとした。

その人物がザアッと湯を滴らせながら立ち上がった。

（気づかれたか！）

猪俣は慌てて顔を背ける。横目でその人物の裸身を検めようとしたが、やはり暗くてよく見えない。

痩せてしなやかな裸身の影が、湯船の縁を跨《また》いで出ていった。

（もっと近くで検めねば）

猪俣も立ち上がる。すると、先ほどの町人が嘲笑《ちようしよう》を浴びせてきた。

「なんだえ、もう辛抱できなくなったのかい。熱い湯に浸かっていられねぇようなヤツのことを〝江戸っ子の成り損ない〟っていうんだぜ」

とにかく喧嘩ッ早く、つまらないことに意地を張るのが江戸っ子の困るところだ。もちろん猪俣には、こんな馬鹿者の相手をしている暇はない。無視して湯船から出た。嘲笑を背に受けながら洗い場に向かった。

洗い場もやはり暗かった。隅のほうに細身の裸身が屈み込んでいる。糠《ぬか》袋で肌を洗っている様子であった。

猪俣は足音を忍ばせながら、近づいて行く。

　天井から八間が下げられている。吊り行灯の真ん中に油皿があって、灯心に火がつけられていた。明瞭に見て取ることができた。橙色の炎がその裸身を照らしだしている。闇に慣れた猪俣の目には、明瞭に見て取ることができた。

（ヤヤッ、やはり……！）

猪俣の全身に戦慄《せんりつ》が走り抜けた。

（し、尻は……、臀部の肉は……）

猪俣は思わず這《は》いつくばるようにして、その裸身の尻肉を、覗きこもうとした。

気配に気づいたのか、その人物がゆっくりと振り返った。

湯屋の前では鎌田が、じりじりと焦燥しながら猪俣が戻るのを待っていた。

「遅いな……。何事か起こったのか」

やはり拙者も踏み込むべきか、と思案して、湯屋の暖簾《のれん》を搔き上げようとした、その時であった。

「おい」

ふいに背後から声を掛けられた。振り返った瞬間、鳩尾《みぞおち》に重たい衝撃を感じた。目の前に一人の武士が立っている。その武士が突き出した刀の柄頭が、鎌田の鳩尾を強打したのだ。

（しまった！　英照院の手の者か……！）

猪俣に叫んで知らせようとしたのだが、その口を手で押さえられた。鳩尾の衝撃で息もつけない。意識が急激に霞んできた。

鎌田の横を、別の武士たちが二、三人、無言で走り抜けていく。暖簾を払って湯屋の中に突入した。

（猪俣、逃げろ……！）

しかし、言葉にはならなかった。鎌田はその場に崩れ落ちた。

五

卯之吉は八丁堀の屋敷に戻って、久しぶりに美鈴が作った夕飯に箸をつけようとしていた。

「今夜は逃がしません！　しっかりと食を摂っていただきます！」

お櫃《ひつ》の横に美鈴が陣取っている。今夜はいったい、何杯お代わりをさせようというのか、果たし合いに臨む武芸者のような顔つきで、しゃもじを握りしめていた。

（やれやれ、とんだことにございますねえ）

卯之吉は絶望的な気分で箸を手に取った。

その時であった。

台所から三右衛門の大声が聞こえてきた。

「旦那ッ、大変《てぇへん》だッ！」

「おや？　なんでしょうね」

これ幸いと――というわけでもないが、卯之吉は箸を置いて立ち上がった。台所へと足を向ける。美鈴も後についてきた。

「旦那ッ、大変だ！　殺しでさぁ！」

「殺し？　これからご飯を食べようって時に、なんとまぁ、気の滅入る話でございますねぇ」

「そんな悠長なことを言ってる場合じゃござんせんぜ！　こりゃあ下手すると、昼間の話とつながっておりやすぜ！」

「殺しがあったのは南本所番場町の湯屋なんで！　例の仕舞屋とは、同じ町内なんでございますよ！」

卯之吉の顔色が変わった。

「湯屋、湯屋……、そうか、あたしたちが仕舞屋の内湯を壊しちまったもんだから、話の筋が湯屋に移ったってワケかい」

「とにかく、すぐに走っておくんなさい！」

「待っていておくれ。着替えるから」

卯之吉は奥座敷へと引っ込んだのだが、それからの時間がかかる。なにしろ厳寒の夜道に出て行くのだ。襦袢《じゅばん》は二枚重ね、襦袢の下には股引きを穿いて、そのうえ足袋まで二重にして履く。分厚い綿入れの長衣を着け、襟元には厳重に襟巻を巻き付けた。

「黒羽織だけは、着て行かないと同心らしく見えないからねぇ」

町奉行所のお仕着せの、薄いペラペラの羽織を卯之吉は恨めしそうに見た。

「おまけに巻羽織だ。お尻のあたりがスースーするんだよ」

着替えを手伝っていた銀八が呆れ顔をした。

「それが同心様のお姿でげす。さぁ、行くでげすよ！」

刀を差し出すと、卯之吉は億劫《おっくう》そうに受け取った。

「誰が殺されたのかは知らないけどねぇ……。天竜斎センセイに続いて二人目だ。なんだか、思った以上の大事になってきたねぇ」

卯之吉は台所で雪駄を履くと、三右衛門を先導に立たせ、銀八を従えて走り出した。

第六章　娘の正体

一

卯之吉は南本所番場町の湯屋から戻った。座敷に三右衛門と寅三を上げて、その時の話を聞き出した。

「ふ〜ん。あの殺されたお侍様は、洗い場にいたお人の裸を検《あらた》めていたっていうんだね」

寅三が頷《うなず》いた。

「へい。二階座敷から見おろしていたあっしには、ほとんど何も見えやしなかったんですが、洗い場のほうに潜り込ませた三吉が、確かに、殺された侍の様子を見定めておりやした」

「他人《ひと》様の裸をねえ？　お侍様ともあろう御方が、妙な真似をなさるものだね」

「それよか旦那、もっと妙な話があるんでさぁ」

「なんだえ？」

「へい。あっしは湯屋についてすぐに、三吉を湯屋ン中に入れて、後ろの釜場の出入り口は巳之松に見張らせました。ところが……」

「どうしたえ」

寅三はまたも面目なさそうに首を竦《すく》めた。

「湯屋ン中には、あの娘ッ子の姿が見当たらなかったんで……」

「えっ？　どういうことだい」

「あっしにもわかりやせん。三吉は灯明もろくにねぇ田舎の育ちだ。夜目が利きやす。薄ッ暗ぇ湯屋ン中でも、八間《はちけん》の明かりで十分に、人の見分けがついたって言ってやがるんですが……」

寅三は何度も不思議そうに首を傾《かし》げた。

「あの娘ッ子の姿が、湯屋ン中のどこにも見当たらなかったらしいんで。裏の出入り口は巳之松が見張ってる。もちろん二階座敷に娘の姿なんかありゃしなかった。ご存じの通り、湯屋の二階には女は上がれませんからね」

湯屋の二階座敷は男の社交場で、女人は立ち入ることができない。

卯之吉は首を傾げた。

「湯屋の窓は小さいし、油紙が張ってある。はて？　いったいどこから抜け出したものかね？」

「それがわからねぇから、困ってるんでさあ」

「やいッ、寅三！」

三右衛門が怒鳴った。

「手前《てめ》ェたち、しっかりとその目ン玉で、娘が湯屋に入るところを見届けたんだろうな？」

寅三は情けない顔つきで頭《こうべ》を垂れた。

「へい。確かに見届けやした。そのはずなのに、湯屋には娘ッ子の姿がねぇ」

卯之吉は莨《たばこ》盆《ぼん》を引き寄せて、煙管に詰めた莨に火をつけた。プカーッと優雅に紫煙を燻《くゆ》らせる。

「あそこの湯屋は、男湯と女湯の区別はなかったね」

寅三が頷いた。

「へい。脱衣場も洗い場も、湯船も一緒でございやす」

「あんな場末の湯屋だからね。八丁堀の湯屋は男湯と女湯が別だ。湯屋の親爺さんも、お役人様に気をつかっているのに違いないね」

なにやら話が逸《そ》れている。三右衛門と寅三は顔を見合わせた。

「消えた娘さんのことは、ひとまず置いておこう」

卯之吉は思案しながら続けた。

「斬り込んできたお侍様たちのほうはどうだえ？　お姿やお顔を確かめたのかえ」

「へい。あっしもこの目で」

寅三は二本の指で自分の両目を指差した。

「もちろん、三吉も見届けておりやす。小袖を襷《たすき》で絞った袴姿の武士が三人、抜刀して乗り込んできて、いきなりあの侍に斬りかかりやした」

「袖を襷で絞っていた？　ということは羽織は脱いでいたんだね」

「へい。討ち入りの用意を整えてから、乗り込んできたのに違いねえですぜ」

「それで、どうなったえ」

「へい。斬られた侍にとどめを刺すと、急いで走って逃げて行きやした」

「湯屋にいた他のお人たちには、なんの関心も示さなかったのかい」

「へい」

「それで、湯屋にいたお客はどうしたえ」

「そりゃあもう、びっくりたまげて、褌《ふんどし》すら締めずに逃げ出すヤツもいやしたぜ。あっしも急いで下に降りやしたが、逃げ出す客に突き飛ばされたりして、往生しやした」

三右衛門が口を挟む。

「その騒動に紛れて、あの娘ッ子も逃げ出したか」

「そうかもわからねえ。……面目ねぇ」

「まぁ、仕方ないさ」

卯之吉は寅三を慰めた。

「その時の有り様を見届けてくれただけでも大手柄だよ」

と、その時。

「おい、卯之さん、いるかい」

台所口から朔太郎の声が聞こえてきた。

「ああ、朔太郎さんだ。銀八、台所まで行って、上がってもらいなさい」

銀八が「へい」と答えて迎えに出ようとしたところへ、朔太郎がヌウッと入ってきた。

「案内を乞うまでもねえや。勝手に上がらせてもらったぜ」

座敷に入ってきて、ドッカと腰を下ろす。

「聞いたぜ。とんでもねえことになってきやがったな」

卯之吉は「おや？」という顔つきで朔太郎を見つめた。

「そのご様子だと番場町の凶事について、すでにご存じなのですね」

朔太郎は頷いた。

「なにしろ殺されたのが武士だからな。いやでもこっちの奉行所にも、凶報が届くってもんだ」

「朔太郎さんの所は寺社奉行所でしょうに？　お侍様のご行状を検めるのは目付様のお役所か、大目付様のお役所でございましょう」

「寺社奉行ってのはな、譜代大名の、出世の登竜門なんだよ。寺社奉行を勤め終えると、オイラの殿サンは、奏者番を経て、上手いことゆけば若年寄や老中に出世をするんだ」

「へぇ。ずいぶんと偉い御方にお仕えなさっているのですねぇ」

「そういう次第でな、オイラの殿サンのところにも、各所からいろいろと御注進が入ってくるってわけなんだよ」

「ははぁ、それで、湯屋での殺しをお聞きなさって、あたしの所へ飛んでこられたってわけですね」

「そういうこった」

朔太郎がズイッと身を乗り出してきた。

「卯之さんよ、この一件と、湯船の件は、繋《つな》がっているんじゃねえのかい」

「どうやら、そのようです」

朔太郎は憤然と鼻息を吹いた。

「それならこうしちゃいられねえだろ。早速にもあの仕舞屋《しもたや》に乗り込んで、升丸屋たちから話を聞かなくちゃならねえ」

「行きましたよ、もう」

朔太郎がパッと破顔した。

「おう、そうかえ。さすがは切れ者同心の八巻様だ」

「よしておくんなさいよ。ところがあの仕舞屋は蛻《もぬ》けの殻だったのでございますよ。切れ者だなんて褒められた首尾じゃあございません」

「そうか、逃げたか。これでいよいよ間違いねえ。二つの――いいや、天竜斎殺しの件も含めると三つの事件は繋がっているに違いねぇぜ」

「湯浴みの三題噺《ばなし》にございますねえ」

卯之吉が呑気《のんき》に呟《つぶや》いた。

三右衛門は腕を組んで首を捻《ひね》った。

「妙な頼みと、壊された湯船と、謎の娘ッ子か……ううむ、オイラの頭じゃあ、どう繋がるのかがわからねえ」

釣られて銀八と寅三と朔太郎も首を捻る。皆で眉間に皺《しわ》を寄せた顔つきが可笑《おか》しかったのか、卯之吉は「フフフ」と忍び笑いを漏らした。

朔太郎が聞きとがめる。

「なんだえ？　一人で薄笑いなんか浮かべやがって。笑っていられるってことぁ、卯之さんには、なんぞ思い当たる節でもあるのかえ」

「ええ、まぁ」

卯之吉はそれとなく領いた。

「朔太郎さん、あたしたちに仕事を依頼した、あのお武家屋敷のご当主は、ええと、なんと仰いましたかね」

「坂上丹後、七千二百石だ」

「そうそう。その坂上様ですがね、ご当主様は今、どのようにお過ごしなのでございますかねえ」

「どのようにたぁ、どういう意味だえ」

「お健やかなのか、それとも、もしかしたら、お命に関わる病に罹《かか》っておられるのではないか、など、ちょっと知りたいのですけれども――」

「いいよ。明日までに調べて来てやらぁ」

さすがに寺社奉行の家来。将来は老中になろうかという大名の家臣だ。朔太郎は気安く請け合った。

「それじゃあ、明日は深川に出張るとしましょう。朔太郎さんのお話は、深川の相模楼でお聞きします。よろしいですか？」

「オイラはかまわねえ」

「よろしくお願いしますよ。多分それで、すべての話が繋がるでしょう」

朔太郎も、三右衛門も寅三も、不得要領の顔をした。

卯之吉はここで大きな欠伸《あくび》を漏らした。

「こんなことがあった後では、さすがに、夜歩きをする気にもなりませんね。明日に備えて休むとしますか」

三右衛門と寅三は気を利かせて腰を上げた。

「明日はあっしらもお供しやすぜ」

「もちろんだよ。よろしく頼むよ」

「へい」

三右衛門と寅三は赤坂新町に戻る。朔太郎も寒風に吹かれて寒そうにしながら帰っていった。

台所の戸を締めながら、銀八が不思議そうな顔をした。

「今夜はもうお休みでげすか。珍しいこともあるもんでげす」

無残な斬死体を見たとはいえ、その程度のことで恐怖に震える卯之吉ではない。

卯之吉はいそいそと出てきて、沓《くつ》脱ぎ石に置かれた雪駄《せった》に足を下ろした。

「へっ？　お出かけでげすか」

美鈴も血相を変えて飛んできた。

「旦那様！　今夜は遊びに行かないと、今、仰ったばかりですのに！」

「いいえ、違いますよ、違います」

卯之吉は顔の前で手を振った。

「あたしがああ言ったのは、皆さんにお帰りいただくためです。これからあたしは三国屋に行かなければなりません。三国屋には同心姿では帰れませんから、三右衛門さんたちには赤坂新町に帰っていただかねばならなかったのです」

「これから、三国屋に行くのでげすか」

「そうだよ。銀八、供を頼むよ」

「へい。若旦那が足をお運びになる場所へなら、どこへでもついて回るでげすが、どうしてこんな夜遅くに三国屋なんぞに」

「あたしだって、こんな寒い中、出歩きたくなんかないさ」

銀八は、(そう仰るわりには、毎晩、出歩いておられるでげす)と言いたかったのだが、黙っていた。

卯之吉は襟巻をきつく巻き直した。

「だけどね、今回ばかりはお祖父《じい》様の手を借りなくちゃいけない。そう思ったのさ」

卯之吉は戸口の前に立った。金持ちは自分の手で戸を開けたりしない。銀八が戸を横に滑らせた。

途端にビュウウウッと冷たい風が吹いてきて、卯之吉は絶句、瞼をきつく閉じて、全身を硬直させた。寒風の中に一歩も踏み出せないでいる。

銀八は恐る恐る、訊ねた。

「どうするんでげすか？　行くんでげすか、止めとくんでげすか」

「行くよ、行く」

卯之吉は冷たくこわばった足を踏み出した。

「まったくもう……。天竜斎センセイの敵討ちなんかを志したばっかりに、この苦難だ。死人は出るし」

ブツブツ呟きながら、日本橋を目指して歩き始めた。

銀八が提灯《ちょうちん》を手に従っていく。

二

翌日の昼頃、朔太郎が深川の門前町にやってきた。寒そうに両手を袖の中に隠して白い息を吐いていた。

相模楼の階段を上り、座敷に入る。

「おう、卯之さん」

卯之吉は二階座敷の奥に座り、火鉢を横に据えながら、昼の膳を囲っていた。

「そうやって昼間っから酒を飲んでいるところを見ると、今日の卯之さんは非番だね。ヤクザ者の子分の姿は見えねえな」

「三右衛門さんたちは、この茶屋の周りを見張ってくれています。相手は平気で人を殺すようなお人たちですからねえ。万が一の用心だと仰ってねえ」

三右衛門の代りに源之丞がドッカリと腰を下ろしている。源之丞は朔太郎を見上げた。

「まぁ座れ。江戸者の立ち話は忙《せわ》しなくていかん」

「おう。まったくだ」

朔太郎は腰を下ろした。下ろすや否や、息せき切って語りだした。

「卯之さんの見立て通りだったぜ。坂上丹後は虫の息らしい。この寒さだ。そう長くは持たねえ。春を迎えるのは無理だろうって、医者にも言われる始末らしいや」

「ああ、やっぱり」

卯之吉は大きく頷いた。

「それで、跡取り様は、どうなっていらっしゃるのです」

朔太郎はまたしても身を乗り出した。

「それがよ、丹後の病は咳の風邪らしい。とにかく咳が酷《ひど》くて熱が出る」

今日でいうインフルエンザで、江戸時代にも毎年のように流行した。

「丹後の跡取り息子は、親父の看病をしているうちに、うつっちまったらしい。下手すると親父より先におっ死《ち》ぬんじゃねえかと案じられてるそうだぜ」

「ああ、なるほど」

なにに納得したのか、頷き返した卯之吉とは対照的に、源之丞は不思議そうな顔をした。

「親より先に息子のほうが参ってしまうのか？　息子のほうが若いであろうに」

「親より歳をとった息子はいねぇよ」

朔太郎が混ぜっ返す。

卯之吉は意味ありげに微笑《ほほえ》んで、悪戯《いたずら》っぽい目を朔太郎に向けた。

「そのわけを当てて見せましょうか。後継ぎ様は、痩せて小柄な質《たち》でございましょう」

朔太郎が「おや？」という顔をする。

「その通りだぜ。親父の方は四角い体つきの頑健な男だが、せがれのほうは痩せた蒲柳《ほりゅう》の質だ」

「まるで、娘さんのような体つきなのでしょうね」

「こいつぁ恐れ入ったぜ。お前《め》ぇさんの眼力を町人どもは〝千里眼〟なんて呼んでいやがるようだが、まさか本当に千里眼の持ち主だとは思わなかった」

「そんなんじゃございませんよ。ちょっと考えればわかることです」

卯之吉は箸を膳に置いて、居住まいを正した。

「仕舞屋にいた娘様は、坂上丹後様の息子様だったのですよ」

「なに？」と叫んだのは源之丞だ。

朔太郎も不思議そうな顔をしている。

「何を言ってるんだえ、卯之さん」

卯之吉は二人の視線を軽く受け流し、素知らぬ顔で答えた。

「他に考えようがないじゃございませんか。坂上丹後様の抱え屋敷にお住まいのご家来様は、あの娘様――いいえ、若君様の使う湯船を盗み出そうとした。なにゆえそんなことをしなければならないのかというと、あの娘様が本当に若君様なのかどうか、確かめなければならなかったからです。だってあの御方は、あたしたちの目にも、娘様にしか見えなかったようなお人ですよ」

「ああ、そうか」と源之丞が、厚い掌《てのひら》で膝を叩いた。

「内湯の湯船を駄目にされたら、湯屋に行かねばならなくなる」

「そうです。それが先方の狙いだったのです」

「なるほどな」と、感慨深そうに頷いた源之丞と朔太郎を尻目に、銀八だけがまだ納得のゆかない顔をしていた。

「ですがね若旦那、どうしてその若君様は、娘様のお姿に扮していらっしゃったのでげすか？」

卯之吉の代りに源之丞が答えた。

「双子だ」

「へっ？　双子？」

「左様」

源之丞は厳しい顔つきで太い腕を組んだ。

「町人にはわかるまいが、我ら武士の世界では、双子は縁起の悪いものとして嫌われておる」

「どうしてでげすか？」

「迷信でしょうねえ」と卯之吉が呟いた。源之丞は「そうだ」とは言わなかったが、苦々しげに続けた。

「双子として生まれた子は、片方が間引かれたりもする」

銀八が目を丸くした。

「間引く？　殺しちまうんでげすか！」

「それを無残と思うなら、片方の子を、生まれてすぐに、余所《よそ》へ養子に出してしまう」

この迷信によって辛い思いをさせられたのが、徳川家康の次子、秀康であった。双子として生まれたばかりに家康に嫌われ、子としての認知を拒まれた。家臣の取りなしで渋々家康は自分の子として認めたが、長男の信康が若くして死んだのちも、秀康を継嗣にしようとはしなかった。結果、徳川家は秀康の弟の秀忠が継いだ。

ちなみに、秀康と一緒に生を受けた男子は、のちに豊臣秀頼の家臣となり、大坂の陣では大坂城に籠城して討ち死にしたとも伝えられている（秀康の家臣になったという説もある）。

「ところがだね、銀八。間引かれもせず、養子に出されない場合もある。ただし、その際には、災難除《よ》けのお呪《まじな》いをしないといけない」

銀八は卯之吉に顔を向けた。

「どんなお呪いでげすか」

「終生、女装で過ごすのだ」

源之丞が答えた。

「男女の双子は、双子とは見做《みな》されぬ。片方が女人として暮らして行けば、双子の災いから逃れることができるのだ」

呑気者の卯之吉も、困った表情を浮かべた。

「まったく、おかしな迷信ですねえ。女の姿で生きて行かねばならないお人がお可哀相だ」

「ははぁ……。それがあの、仕舞屋にお住まいだった娘——じゃなかった、若君様なのでげすね」

「そういうことだね」

今度は朔太郎が話を受けた。

「だけど女装の若君は、やっぱり屋敷から追いだされる破目になった。丹後の母親の英照院って後家がいる。丹後の親父、つまり先代の当主のお内儀なんだが、夫が死んだ後で仏門に入り、にもかかわらず息子である丹後の頭越しにあれこれと口を出して、坂上の家を仕切っていやがる」

朔太郎はため息を漏らした。

「この尼さんが、分からず屋で困っているようだ。女装の若君を屋敷から追い出したのも英照院だ。出入りの太物屋《ふとものや》に押しつけて、世話をするように命じたらしい」

卯之吉は「なるほど」と頷いた。

「それが升丸屋さんですかえ」

「そうだ。なにしろこの尼さん、信心深《ぶけ》ぇっていうのか、迷信深ぇっていうのか、縁起を担ぐこと甚だしいところがあって――」

「双子であってもご自分のお孫様でしょう。孫に向かってこんな冷たい仕打ちができるっていうのなら、確かにちょっと変わった御方ですねえ」

「いい所のお嬢様育ちン中には往々にして、心の冷たい女が出るもんなのさ。家から出したのなら、女装を止めてもいいはずなのに、生涯、女装で過ごさせるように厳命したそうだぜ。その尼さん、双子の片割れが女装を止めれば御家に障りが出ると信じていやがる。迷信深いうえにボケも出始めているのかも知れねえ」

銀八はようやく納得したようだ。

「なるほど、そういうわけがあって、お店《たな》の寮で、娘さんの格好をして、暮らしていなさったのでげすな」

「ところがだよ」

卯之吉が珍しく真面目な顔つきで言った。

「丹後様と、跡取り様が咳の風邪で今にもお亡くなりになりそうなんだ。もしも、父子して死んでしまったら、どうすればいいと思う?」

「そりゃあ……、女装させていた若君様をお屋敷に戻して、御家を継いでいただかなくちゃならねぇでげす」

「うん。そうだろう」

卯之吉は朔太郎に目を向けた。

「その尼様は、それが嫌なのでございますね?」

「そういうこった。英照院にすりゃあ、すべての災厄の元凶は、双子の弟君だと信じている。丹後が死ぬのも、跡取りが死ぬのも、女装の若君のせいだと思い込んでいるんだろうぜ」

「愚かな……」と、源之丞が吐き捨てた。

卯之吉は袖の中で細い腕を組んだ。

「坂上様の御家は七千二百石のご大身です。ご家来衆の全部が、英照院様の言いなりではないでしょう。そんな迷信などまったく信じず、女装の若君様を御家に戻して、後継ぎに据えたいとお考えのご家来衆もいらっしゃるはず」

朔太郎が同意した。

「後継ぎとして公儀に届けを出すのなら、急がなくちゃならねえ。親と兄貴が死んでからだと何かと面倒だし、賄賂《まいない》だって撒《ま》かなくちゃならねぇからな」

武士の相続法は『武家諸法度』によって定められている。それによると、当主が死んだ際に後継ぎを定めていない家は断絶——なのだ。この悪法で潰された大名家や旗本は数知れない。時が下がるとさすがに緩和されたのだが、それでも後継ぎなしで当主が死ぬことには問題が多くて、継嗣を新たに立てる際には、公儀の重職に特別な挨拶と贈り物を届けなければならなかった。

「なんにしても、後継ぎを定めるのなら早いほうがいい」

卯之吉は「なるほど」と頷いてから続けた。

「天竜斎センセイやあたしたちに、仕事を依頼したのは、若君様をお屋敷に戻そうとする一派だったのでしょうね。でも、若君様は太物屋の升丸屋に囲われている。太物屋ですから、英照院様の息がかかった商人でしょう。英照院様のために働いて、若君様を隠し通さねばならない立場です」

「オイラたちに仕事を頼んだ侍は、あの女装の人物が本当に若君様なのか、偽者にすり替えられていないかを確かめなくちゃならなかったってわけだ」

卯之吉は朔太郎に頷き返した。

「きっと、お身体のどこかに目立つ黒子《ほくろ》か、あるいは痣《あざ》なんかがあるのでしょう。事は重大です。英照院様が偽者なんかを用意していて、それに引っ掛かったら大変なことになる。だからどうしても、あの御方の裸を確かめなければならなかったのでしょうよ」

「湯屋で侍を襲って殺したのは英照院一派か。するってぇと、天竜斎を殺したのも——」

「英照院様方のお侍なのでしょうね。天竜斎センセイは自ら、若君様がいらっしゃる仕舞屋に乗り込んで行かれました。英照院様にお仕えしているお侍様方とすれば、敵方の密偵が探りに来たように見えたのでしょう」

「敵方の依頼を受けて働いていたのだから、まんざら間違いでもねぇ。そこで一思いに斬り殺したってわけかい。英照院も分からず屋だが、その家来どもも、とんだ佞人《ねいじん》揃いだぜ」

突然、源之丞がドンッと畳を足で踏み鳴らした。

「くだらんッ！」

片膝を立て、顔面を真っ赤に紅潮させて憤っている。

「そんなくだらんことのために、天竜斎を殺し、侍一人を殺したかッ！　実にくだらんッ。笑止の沙汰だ！」

武士である源之丞がそう思うのだから、町人育ちの卯之吉には尚更だ。

朔太郎は苦虫を嚙み潰したような顔をした。

「さて、この始末、どうつけたら良いものかな」

「相手は七千二百石のご大身でございますからねえ。ましてお武家様でございます。町奉行所が手を出せる相手ではございませんよ」

源之丞が憤然とする。

「だからと言って見逃すわけにもゆくまい。このような悪事、武士の名折れぞ」

朔太郎が卯之吉に訊ねた。

「三国屋の財力で、どうにかならねぇか」

卯之吉はしれっとして答えた。

「三国屋の金さえあれば、どうにでもなりましょうけれども」

源之丞と朔太郎は（どうにでもなるのか……！）という顔つきで卯之吉を見

た。卯之吉は泰然として盃を手に取りながら続けた。

「今はそれよりも、若君様の御身が案じられます。英照院様という御方は、見境のないお人のように思えますからねえ」

「若君を襲って殺すっていうのかい」

朔太郎の問いに卯之吉は頷き返した。

「しかも困ったことに若君様は、ご自分の身の回りを、敵方に固められていることを知らないでしょう。升丸屋さんだって、命じられれば嫌とは言えずに、若君様に毒でも飲ませるかも知れませんよ」

「そうとなったら、急がなくちゃなるめえが……」

朔太郎は腰を上げようとして、また、座り直した。

「しかし、どうする？」

卯之吉は盃をクイッと飲み干した。

「升丸屋さんの正体や、店、あるいは出店《でだな》、それに寮なんかがある場所はすぐにわかります。三国屋が調べをつけてくれることになっております」

「おう。江戸中の商人に金を貸しつけている三国屋だ。頼りになるぜ」

「若君様の居場所が知れたら、すぐに乗り込みましょう」

卯之吉は少しだけ、真面目な顔つきになった。

「この一件でこれ以上、人が死ぬところを見たくはございませんからね」

三

次の日の早朝。

「八巻様！　南町奉行所の同心様の八巻様！　三国屋徳右衛門、お呼びに従い、参上仕《つかまつ》りました！」

駕籠《かご》で乗り付けてきた徳右衛門が、八丁堀にある卯之吉の屋敷の前に立った。銀八の案内で台所に入る。美鈴が朝餉《あさげ》のおさんどんをしている。徳右衛門は美鈴にも深々と低頭した。

いつものように寝坊していた卯之吉は、眠い目を擦《こす》りながら出てきた。

「ああ、お祖父様……。ずいぶんとお早いお着きにございますね……ふわあっ」

だらしなく大きな欠伸を漏らす。一方の徳右衛門は、すでに両目もパッチリ開いて、セカセカと小走りに歩み寄ってきた。

「升丸屋の正体がわかりましたよ！　本当の屋号は升形屋《ますがたや》でございました」

「ははぁ……、形の字を伏せ字にしたので升〇《まる》屋ですか。なるほど」

「升形屋という太物屋には、確かに、坂上様の若君様が居候なさっていらっしゃいます」

卯之吉は感心した。

「こんなに早く、よくも調べ上げたものですねえ。どうですお祖父様。岡っ引きに転身なさってみては？」

卯之吉は半ば本気でそう言ったのだが、徳右衛門は冗談と受け止めて苦笑した。

「岡っ引きでは金儲《かねもう》けも儘《まま》なりませんので、いかに八巻様の仰せでも、こればかりはお断りいたしますよ」

「ハハハ、そうでしょう」

卯之吉も祖父の気性は知り抜いている。金儲けができなくなったら、たちまちのうちに衰弱死してしまうに違いなかった。

「それじゃあ、早速ですが、升形屋さんに乗り込みましょうかね。手遅れになったりしたら大変だ。お祖父様も一緒に来てくださいますよね？」

「もちろんでございます。八巻様のご下命とあれば、火の中へでも水の中へでも喜んでお供いたします」

「銀八、念のためだ、荒海の親分さんを呼んできておくれ。お侍と斬り合いになるかも知れないから、腕の立つ子分さんたちを頼むよ」

台所に控えていた銀八が「へーい」と答えて腰を上げた。一方、徳右衛門は顔色を変えた。

「斬り合い？　斬り合いになるかもしれないのでございますか？」

卯之吉は困り顔で眉根を寄せた。

「ええ、まあ……、ちょっとワケありでしてねぇ。ああそうだ。美鈴様にも、ついてきていただきましょう」

美鈴は一角《ひとかど》以上の剣客だ。すぐに眦《まなじり》を決して頷いた。

「かしこまりました。いかな凶賊が襲いかかってこようとも、旦那様には指一本、触れさせるものではございません」

卯之吉は首を横に振った。

「いいえ。美鈴様にお守りいただくのは、こちらの三国屋さんです」

そして「フフフ」と含み笑いをして、

「たとえあたしが斬られて死んでも、世の中、どうこうなるものじゃあございませんけれど、こちらの三国屋さんが斬られなすったら、江戸中の商人がたちまち立ち行かなくなってしまいますからねえ。お上も下々も、みんな難儀をいたします」

「こッ、これは……」

三国屋が顔を紅潮させた。

「南北町奉行所きっての切れ者と誉れ高い八巻様から、これほどまでのお褒めの言葉を頂戴いたしますとは……、この三国屋徳右衛門、生涯の誉にございまするッ！」

美鈴は、(なんだろうなぁ、この祖父と孫)という顔で、二人を見つめた。

坂上家御用達の太物屋である升形屋は、日本橋室町の大路に面した一等地にあった。

「さすがに七千二百石のお旗本様に出入りを許されているお店ですねえ。たいしたものです」

卯之吉は升形屋の軒と看板を見上げて感心した。

「なぁに、この程度の商家なら、今日明日にも身代まとめて買い上げてご覧に入れますよ」

徳右衛門が意味不明な対抗心を燃やしている。

二人の周りには、三右衛門と美鈴、そして銀八。さらには荒海一家の印半纏《しるしばんてん》を着けた子分衆が従っていた。

商家が建ち並ぶ町人地では、三国屋徳右衛門の顔を知らぬ者はいない。商人たちは皆、（いったい何が起こったのか）と足を止めて見守った。

「あれは三国屋の大旦那さんですよ」

「お侍をお侍とも思わない増長ぶりで知られる三国屋さんだよ。その三国屋さんが、アレ、あの同心様にはペコペコと頭を下げていらっしゃるじゃないか」

上物の紬《つむぎ》を着た商家の主《あるじ》たちが、商談を中断して囁《ささや》きあっている。荷車に縄を掛けていた車力が、

「三国屋の大旦那様を引き回すなんてこたぁ、並の同心様にできるこっちゃねえ。あれは南町の八巻様に違えねえ！」

と叫び、お使いで通り掛かった女中が、

「江戸三座の二枚目看板役者にも引けをとらないお姿だって噂だけど、本当にお綺麗な同心様だねぇ……」

ウットリとして目を潤ませた。

たちまちのうちに黒山の人だかりができてしまったのだが、他人の視線などはまったく気にしないのが卯之吉だ。

「それじゃあ参りましょうか」

祖父の徳右衛門を促して、升形屋の暖簾《のれん》に足を向けた。

升形屋の店の前では、丁稚《でっち》小僧が緊張の面持ちで立っていた。八巻同心と三国屋の大旦那がこっちに来ると気づき、出来の悪い操り人形のようにぎこちない手つきで、どうにかこうにか、店の暖簾を捲《まく》り上げた。

「い、いぃぃいらっしゃいませ！」

ひっくり返った声で挨拶する。

「あい、お邪魔するよ」

暖簾を卯之吉が通り、徳右衛門が後からくぐり抜けた。

美鈴と銀八はお供として続く。三右衛門たちは通りを固めた。

「こ、これは、三国屋の大旦那様！」

帳場格子に座っていた番頭は、さすがに徳右衛門の顔を見知っていた。急いで膝行《しっこう》してきた。

徳右衛門は不機嫌そうに答えた。

「あたしへの挨拶なんかいらないよ。こちらが南北町奉行所で一番の同心様、八巻様だ」

「……えっ、や、八巻様！」

番頭は蛙のように這《は》いつくばって低頭した。

卯之吉は視線を左右に走らせた。

（あの仕舞屋でお目にかかった番頭さんは、いないようだね）

升形屋が升丸屋の偽名だと決まったわけではない。

（ま、ご主人に会えば、わかるね）

そう思った卯之吉は、一段高い板敷きにシャナリと腰を下ろし、

「ご主人を呼んでおくれな」

今にも煙管でも取り出しそうなそぶりでそう言った。

「ハハッ、只今……！」

番頭が奥へすっ飛んでいく。銀八は卯之吉の袖をツンツンと引いた。

「反物を見にきたお客じゃないんでげすから、店先に座ることはないでげす。すぐにお座敷に通されるでげすから」

「ああ、そうだった」

卯之吉は立ち上がって、取り出した煙管は、帯から下げた莨入れに戻した。すぐに、主人が、死人のような青黒い顔でやってきた。卯之吉はニッコリと微笑み掛けた。

「やぁ、また会ったね。これで話が繋がった」

邪気も悪気もまったくない笑顔であったのだが、主人のほうは生きた心地もない。その場で膝を折ると、額が床につくほどに低頭した。

「さすがは八巻様……。お噂通りのご炯眼《けいがん》……。もはや、悪あがきはいたしませぬ」

卯之吉は「うん」と頷いた。

「それじゃ、話を聞かせてもらうよ」

卯之吉たちは升形屋の奥座敷へと通された。

卯之吉を上座に据えると、主人はひたすらに平伏し続けた。

「恐れ入りましてございまする……」

卯之吉は、吸いかけて止めた莨が吸いたくてたまらず、座るやいなや一服つけて、プカーッと紫煙を吐いた。

「そんなに畏《かしこ》まられたんじゃ話にならない。お顔を上げておくれなさいな」

そんな物腰がいかにも切れ者同心らしく見える。陪席している徳右衛門と美鈴がウットリと卯之吉を見つめた。一人、卯之吉の本性を良く知る銀八だけが、不安そうに成り行きを見守っている。

卯之吉は主人に訊ねた。

「先日は、升丸屋の吉兵衛さんとお名乗りだったね。でも本当は升形屋さんだった。それで？　あなたの本当のお名前は？」

主人は顔を伏せたまま身を震わせた。

「お上に嘘をついた罪は免れませぬッ、どうぞ、存分のご処罰を！」

卯之吉は煙管を片手に「困ったねえ」と呟いた。

「これじゃあ話になりませんな」

徳右衛門が横から口を挟んできた。

「升形屋さん、あんたは、大事なお得意先を守ろうとしている。違いますかね」

徳右衛門がいかにも因業《いんごう》な札差らしい、冷たい流し目を升形屋に向けながら質した。

升形屋は町奉行所の同心と、江戸一番の札差に代わる代わる責めたてられて、ますます顔色を悪くさせ、額に脂汗を滲《にじ》ませた。

徳右衛門は嵩《かさ》にかかって、責めたてた。

「大事なお得意先をしくじったら、この店が立ち行かなくなる。……そんな胸算用をなさっているのかもしれないけれどね」

徳右衛門の目が酷薄な光りを放った。

「あたしが江戸中の両替商に一声掛けて、こちらに金が回らないように仕向ければ……、あなたね、この店は、たちまちのうちに潰れるよ」

本気の物言いである。升形屋はガタガタと震え始めた。

江戸の商人たちは海千山千。町奉行所にも面従腹背を決め込んでいる。商家に生まれた卯之吉はその事実を良く知っていた。

だから、徳右衛門に乗り出してもらって、升形屋を脅してもらったのだ。商家にとって何より恐ろしいのは、資金を止められることなのであった。

睨《にら》みつけるだけ睨みつけておいて、ふいに徳右衛門は顔つきを緩めた。

「だけどご安心なさい。こちらの八巻様は海のように広いお心をお持ちだ。正直になにもかも白状すれば、きっと身の立つようにしてくれますよ」

卯之吉は莨の煙を吐いた。

「あんたがあたしに嘘をつかなくちゃならなかった理由も、薄々と察しているのさ。同じ町人の生まれとして——じゃなかった、町人とは親しく接している町方同心のあたしだ。あんたの辛いお立場は良く分かっているつもりだよ」

卯之吉は煙管の灰を灰吹きに落とした。

「坂上様の後家様の、ええと、英照院様でしたっけ？　その後家様に無理強いされれば、あんたは出入りの商人だ。断りきれないこともあったのだろうさ」

主人は「ひいっ」と叫んで顔を上げた。恐怖に血走った目で卯之吉を見つめた。

「そっ、そこまで、お調べを……」

徳右衛門が横から口を挟んできた。

「八巻様のご眼力は千里眼と称されるほどだよ。南北町奉行所一の同心様に睨まれたら、どんな悪事だって白日の下に晒《さら》されるんだ。さぁ、観念して、何もかも白状なさるがよろしい」

「恐れ入りましてございまする」

主人は平伏し直してから、答えた。

「手前の名は吉左衛門《きちざえもん》と申します。升形屋吉左衛門、ご賢察の通り、英照院様の命を受け、心ならずもお上をたばかって参りました」

「双子として生を受けた若君様を預かっていたんだね」

「仰せの通りにございまする……」

升形屋が答えたその時、奥に通じる襖が開いて、女装の若君がユラリと座敷に踏み込んできた。

「またそなたか」

卯之吉を見下ろして、意味ありげに笑った。それから美鈴にも目を向けた。

「お前も来ておったのか。八巻の剣の弟子だという物言いは本当だったのだな」

「あっ、あの時の！」

美鈴は円《つぶ》らな瞳を見開いた。ならず者に絡まれて、逆に、ならず者たちを投げ飛ばした娘、その人であったからだ。

「お、男《おのこ》だったのですか……！」

女装の若君は失笑した。

「気がつかなかったのか。俺はすぐに気づいたぞ。そなたが男装の女人であるということにな」

だから『わたしと同じ』と言ったのだろう。

「さて、俺はどこに座るかな」

　卯之吉は席を空けた。

「どうぞこちらへ」

　女装の若君は上座に座り、卯之吉が正面から対する下座に移る。すると、卯之吉の横に座っていた徳右衛門と美鈴も下座に移り、逆に升形屋が上座の、若君に仕える場所に移動した。

「さすがは八巻だ。噂通りの傑物よ。よくぞ、俺の正体を見抜きおったな」

　若君はカラカラと笑った。卯之吉は、少しだけ切なそうな顔をした。

「笑っている場合じゃございませんよ」

　この人物は、自分の身の周りにいる人々がぜんぶ敵で、例えば升形屋が、刺客となって襲いかかってくるかも知れないことを理解しているのであろうか。

　若君もつまらなそうに唇を尖《とが》らせた。

「確かに、笑ってもおれぬようだ。父の家来が斬られて死んだ。俺の目の前でだ。斬った男の顔にも見覚えがある。あれも、父の家来であったな」

「いわゆる御家騒動ってやつにございます」

「御家騒動なぁ。昔、芝居で見た覚えがある。……昨今は、芝居小屋にすら連れて行ってもらえぬのだがな」

チラリと升形屋に目を向けると、升形屋は申し訳なさそうに目を伏せた。

「御家騒動の立役者の一人に自分がなっているのかと思えば、なにやらこそばゆい。そんな感じだ」

「こそばゆいどころじゃあございませんよ」

卯之吉はきっぱりと言った。

「父上様と兄上様のお命は、旦夕《たんせき》に迫っております。お二方に万が一のことあれば、あなた様のお命も、危うくなりますよ」

若君には何も知らされていなかったらしい。傍《かたわ》らに控えた升形屋を険しい目で見つめた。

「まことか？」

升形屋は無言で平伏した。それが答えであった。

「父上と兄上とが、今際《いまわ》の際にあると申すかッ！」

顔に動揺を走らせた若君に、卯之吉が駄目押しの言葉を突きつけた。

「あなた様も同じにございます。英照院様のご下命があれば、そこにいる升形屋さんがあなた様を殺そうとなさることでしょう」

「何ッ！　まことか！」

升形屋吉左衛門は、平伏した全身を激しく震わせた。

「滅相もございませぬ！　若君様を幼少の頃よりお世話申し上げたこの吉左衛門、若君様を手にかけることなどできはしませぬ！……なれど」

「なれど？　なれど、なんじゃ！」

升形屋はわずかに顔を上げて、卯之吉に目を向けた。

「八巻様の仰る通り、英照院様は若君様のお命を縮めようと謀《はか》って参られましょう！　手前どもは若君様の盾となる覚悟にございまするが、お侍様がたには、とうてい敵《かな》いませぬ！」

若君は血の気の引いた顔つきで、茫然《ぼうぜん》として聞いていたが、やがて、フッと笑った。

「そなたらと折り重なって殺されるということか。それも、坂上の家の家来たちの手にかかって……」

若君は天井を仰いだ。

「双子の弟として生を受けてからというもの、辛酸は嘗《な》め尽くしたかに思うておったが、よもや、これほどの苦しみ、悲しみがあろうとはなぁ」

瞼を閉じたその顔は、女人と見紛《みまが》うほどの美貌であるだけに、よりいっそう凄《せい》惨《さん》であった。冷血漢で知られる徳右衛門ですら、痛ましそうな顔をしたほどだ。

卯之吉は升形屋に訊ねた。

「坂上丹後様と跡取り息子様がお亡くなりになるとしますよねぇ。そうしたら、こちらの若君様が跡取りに入るのが世の習いだと思うんですけどね」

「はい」と升形屋は頷いた。

「ところがですよ、英照院様はこちらの若君様を嫌っておいでだ。だとしたら、他に、坂上丹後様の御家を継ぐのに相応しいお人がいらっしゃるのですかえ？別の弟君とか、そういう御方が？」

升形屋は首を横に振った。

「おそらく英照院様は、遠縁のご親類様の中から、跡取り様を見つけ出すおつもりなのでは、と、思われますが」

「それでしたら、こちらの若君様のほうが、血縁は近いですよね」

「もちろんにございます」

「わかりました」

卯之吉は帯に差してあった扇子を抜くと、それでポンと腹を叩いた。

「この八巻卯之吉に、万事、お任せくださいましよ」

なにやら意味ありげに笑う。しかも「うひひ」などと奇声まで漏らした。

升形屋と若君は、少しばかり気色悪そうに卯之吉を見た。升形屋が訊ねた。

「いったい何をお考えなので……？」

「それは言えない」

卯之吉はキッパリと答えた。

「あんたを疑うわけじゃあないけれどね、こちらのお店には、英照院様の息がかかったお人もいることでしょう。腹の内を明かすことはできませんよ」

言いづらいことを無神経に言い放つ。升形屋としては、同意しないわけにもいかない。

「まったくご賢察の通りでございます……」

「そこでだ」

卯之吉は妙に張り切った様子で言った。

「こちらの若君様は、少しの間、あたしが預かって、お護りしようと思うのですよ。こちらに置いておいたら、いつ襲われて殺されちまうかもわからないですからね」

若君が「むぐっ」と喉を鳴らして息を詰めた。升形屋が恐る恐る、確かめた。

「いったい、いずこへ、若君様をお匿《かくま》いなさると仰せで……？」

「そうですねえ。三国屋の金蔵とか、どうです？　あの蔵は、滅多なことでは破られませんよ」

徳右衛門は微妙な顔をした。大切な金蔵に、旗本の若君とはいえ、他人を入れるのが嫌なのだ。

「ま、それは冗談としまして、とにかく、あたしが責任をもって、お護りしましょう」

若君が升形屋に目を向けた。

「そなたにこれ以上の迷惑は掛けられぬ。俺がこの店を出れば、そなたはお婆様《ばばさま》の無理強いに悩まされることもなくなろう。もちろん、寝込みを襲われて殺される恐れもない」

若君は卯之吉に目を向けた。

「ここにいればどうせ死ぬ身とわかった。この命、そなたに預ける」

卯之吉は莞爾《かんじ》と笑った。

「それが宜《よろ》しゅうございますよ。なぁに、この一件、すぐに上手いこと片づきますので、ご心配なく」

すかさず徳右衛門が口添えした。

「こちらの八巻様は、江戸中にその名を知られた大人物にございます。大船に乗ったおつもりで、お任せなされればよろしゅうございます」

「左様か」

「ところで若君様。まだお名前をうかがってはおりませんでした」

「俺の名か？」

女装の若君は、かすかに含羞《がんしゅう》を含ませて答えた。

「権七郎《ごんしちろう》だ」

「おやまぁ」

卯之吉は目を丸くさせた。

「力自慢の相撲とりみたいなお名前でございますねえ」

「放《ほ》っとけ」

卯之吉はスラリと立ち上がった。

「それでは、善は急げと申します。参りましょう」

卯之吉は女装の若君を連れて表店に向かった。暖簾をくぐって通りに出ると、そこには町駕籠が用意されてあった。

「お駕籠の周りはこちらの荒海一家がお護りします」

三右衛門たちが深々と低頭した。若君は軽く礼を返して、駕籠に乗り込んだ。

「さぁ、参りましょう」

卯之吉の合図で駕籠が担ぎ上げられ、西へ向かって進み始めた。

四

深川にある坂上家の抱え屋敷では、楡木が悄然《しょうぜん》として、暗い座敷に座っていた。

(我らの動きは、英照院一派に筒抜けであったのか)

湯屋に乗り込んだ猪俣が斬られた。

(まさか、そこまで思い切ったことをするとは！)

同じ家中で斬り合いをせねばならぬほどに、英照院一派は権七郎擁立派を憎んでいるということか。

思えば、英照院一派は権七郎に対し、きつく当たりすぎた。武士の子として生まれた男子に女装をさせ、女人として暮らすことを強いてきたのだ。権七郎が御家を継げば必ずや仕返しをされる。そう信じて恐慌に達しているのに違いない。

(すぐにも権七郎君を救い出さねば、お命とて危うい!)

しかし、その権七郎がどこにいるのかがわからない。升形屋から忽然《こつぜん》と姿を消したという報せが、鎌田から入ったばかりであった。

(鎌田め、役に立たぬ)

剣の達者という触れ込みで使ってみたが、猪俣を殺されても手も足も出ず、己のみ、ほうほうの態で逃げ戻ってきた。

(あの男を使い続けるのは、考えものだぞ)

そんなことを考えていたまさにその時、鎌田が座敷に飛び込んできた。

「申し上げます!」

「なんだ」

楡木はいささか疲れ切った顔つきで質《ただ》した。

「またぞろ何事か起こったのか」

「はっ、権七郎君の居場所がわかりました!」

「なにっ」

楡木は思わず膝を立てた。

「して、若君様はいずこに！」

鎌田は満面に汗を流しながら答えた。

「ご老中、本多出雲守《ほんだいずものかみ》様のお屋敷にございまするッ」

「な、なんだとッ……」

そう言ったきり、楡木は絶句してしまった。

江戸城の水堀と石垣に囲まれた廓内、俗に言う大名小路の一角に、本多出雲守の上屋敷があった。

「ここならば、刺客も入ってはこられませんからねえ」

本多家よりあてがわれた一室に、権七郎と卯之吉が座っている。権七郎は月代《さかやき》も剃り、髪も切って本多髷《まげ》を結っていた。腰には脇差しも帯びて、立派な武士の姿であった。

「本多出雲守様のお指図で、父上様、兄上様の継嗣は、あなた様という計らいになりましょう。もう何も、ご心配には及びませんよ」

権七郎が首を傾げた。

「ご老中様のお計らいと、ご厚情はありがたいが……」

まじまじと卯之吉を見つめる。

「なにゆえそなたのごとき一介の同心が、ご老中様を動かすことができるのだ」

卯之吉は弱り顔で答えた。

「その辺りのことを詮索されると困るのですがね。この件では寺社奉行所も動いておりますし……」

動いているのは大検使一人だけなのだが、そういうことにしておいた。

「ご老中様としても、あたしたち町方役人としても、大身のお旗本のご家来衆に江戸の町中で刀を振り回されたりされては困るのですよ。まぁ、そういうことでございます」

なにやらわかったような、わからないような物言いをした。

公儀の裁きは江戸城御殿の最奥で決められる。誰が意思決定しているのかは大身旗本にもわからない。権七郎としては、本多出雲守の裁定に従うより他に道はない。おのれに有利な裁定なのだから、尚更だ。

「英照院様は、お屋敷を出て、尼寺にお入りになられます。これからは坂上様のご家来衆とも、密にお言葉を交わすことはできなくなります」

「左様か」

権七郎はやや、寂しそうな顔をした。

「俺——否、拙者には、お婆《ばば》様に含むところなどなかったのだがな……」

七千二百石などという格別に豊かな武士の家に生まれたばかりに、悲惨な御家騒動に巻き込まれた。

「お互い、お金持ち過ぎる家に生まれると、苦労が多ぅございますよねえ……」

「えっ、今なんと申した？」

「いいえ、なんでもございません」

卯之吉は深々と平伏した。

「それでは若君様。あたしはここいらでお暇《いとま》いたします。後のことは、出雲守様にお任せしておけば大丈夫でございます」

「うむ。そなたには世話になった。拙者が坂上家の当主となった暁には、折々顔を見せてくれ」

「あい。遊びに寄らせていただきます」

卯之吉は権七郎の前より下がった。

町奉行所の同心は中間《ちゅうげん》と同じ身分である。下人たちが使う出入り口から老中の御殿を出た。

庭では朔太郎が待ち構えていた。今日の朔太郎は武士の格好である。遠くには、お供の徒侍《かち》や槍持ち、小者たちが、十人近くも待たされていた。

「三国屋の金が物を言って、出雲守様はすぐに腰を上げてくださったぜ」

「それはよろしゅうございました」

家来が見ている前なので、卯之吉は深々と低頭した。

「大検使様のご尽力の賜物にございます」

「おい、よせよ」

朔太郎は顔をしかめた。

「それにしても卯之さんよ、これですべてが片づいたわけじゃあねぇ。猪俣って侍を斬った野郎はどうでも仕置きをしなくちゃならねぇ。もちろん、天竜斎を殺した野郎もだ」

朔太郎は老中の御殿に目を向けた。

「出雲守様が大鉈を振り下ろして下さるんだろうけどな、卯之さんよ、お前ぇさんも身の周りには気をつけなよ。英照院一派がどんな仕返しを企てるかもわからねぇからな」

「はぁ……」

いまいち納得していない顔つきの卯之吉に、朔太郎が真剣な顔つきで囁いた。

「侍ってヤツは、偉くなればなるほど化け物染みてくる。七千二百石の大身旗本の家来衆もまたしかりだ。侍ってヤツはいざとなれば、ヤクザ者よりもおっかねぇぞ。仁義も糞もありゃあしねぇ。私欲のために平気で人を殺しやがる」

「はぁ……。せいぜい気をつけることにいたしますよ」

「ああ。せいぜい気をつけてくれ」

朔太郎は踵《きびす》を返すと、自分の供の列に戻った。お供を引き連れながら傲然《ごうぜん》と胸を張って、門から出て行った。

「さぁて、あたしも帰りますかね」

大名屋敷では、身分によって使う門が異なる。同心が使う門は、寺社奉行所大検使が使う門とは別にある。卯之吉は老中屋敷の裏手へと回った。

「おい、出てきたぞ」

大名小路の裏道で人待ち顔をしていた侍が、仲間の二人を呼び寄せた。

「あれが八巻だ」

三人の侍は目深にかぶった笠の下から、鋭い眼光を走らせた。

「おのれ八巻め。町方同心の分際で、よくも旗本七千二百石の御家に手を突っ込み、好き勝手に掻《か》き回してくれおったな」

三人の目つきがますます険しく尖った。双肩から殺気を漲《みなぎ》らせ、今にも白刃を抜きさりそうだ。

「どうあっても始末してくれる。これは、英照院様よりの厳命ぞ」

三人が卯之吉の後を追《つ》けて歩きだそうとしたその時であった。

「お待ちなさいませ」

背後から突然声を掛けられて、三人の侍は驚愕《きようがく》して振り返った。

「あっ、なんだ貴様！」

「いつからそこに……！」

至近の距離に一人の男が立っていたのだ。饅頭《まんじゆう》笠を被《かぶ》り、被布《ひふ》を着けた商人の姿。しかし、その物腰は油断のならない禍々《まがまが》しさを漂わせている。

「貴様、立ち聞きいたしておったな！」

同心を殺す算段をしていたところを聞かれてしまった。この男も殺して、口を封じなければならない場面だ。

「お待ちなさいませ」

男はサッと片手をかざして、武士三人を押しとどめた。

「手前は皆様方の敵ではございません」

「なんだと」

「逆に、手前は、八巻を宿敵といたしておる者なのでございます」

武士三人は互いに顔を見合わせた。

男は饅頭笠の下でニヤリと笑った。

「手前、屋号を天満屋《てんまや》と申します。皆様方の八巻退治のお手伝いをさせていただけないものかと思案しまして、お声を掛けさせていただきました次第……」

武士三人は気を呑《の》まれたような顔つきで、天満屋を見つめている。

空からは粉雪がチラチラと舞い降りてきた。

双葉文庫

は-20-11

大富豪同心《だいふごうどうしん》

湯船盗人《ゆぶねぬすっと》

2012年12月16日　第1刷発行
2025年　7月17日　第8刷発行

【著者】
幡大介《ばんだいすけ》

【発行者】
箕浦克史
【発行所】
株式会社双葉社
〒162-8540 東京都新宿区東五軒町3番28号
［電話］03-5261-4818（営業部）　03-5261-4833（編集部）
www.futabasha.co.jp（双葉社の書籍・コミックが買えます）
【印刷所】
株式会社新藤慶昌堂
【製本所】
大和製本株式会社
【カバー印刷】
株式会社久栄社

【フォーマット・デザイン】
日下潤一

ISBN978-4-575-66592-5 C0193
Printed in Japan

稲葉稔

闇斬り同心 玄堂異聞

閃剣残情

長編時代小説

仁義無視の荒くれ博徒・鹿島の丈太郎一味に、仁侠を重んじる親分連中が闘いを挑んだ。血で血を洗う抗争を玄堂の剣は制圧できるか!?

海野謙四郎

異能の絵師爛水

くれないの道

長編時代小説〈書き下ろし〉

丸窪藩主のために城内の書院の絵を描く約束をした爛水。一方で、筆頭家老の座を狙う陰謀に自ら手を染めたのは何のためなのか。

風野真知雄

新・若さま同心 徳川竜之助

化物の村

長編時代小説〈書き下ろし〉

浅草寺裏のお化け屋敷〈浅草地獄村〉が連日の大賑わい。そんな折り、屋敷内で人殺しが起きたのを皮切りに、不可思議な事件が続発する。

佐伯泰英

居眠り磐音《いわね》 江戸双紙40

春霞《はるがすみ》ノ乱

長編時代小説〈書き下ろし〉

中居半蔵に呼び出され佃島に向かった坂崎磐音は、藩物産事業に絡む疑念を打ち明けられる。折りしも佃島沖に関前藩新造船が到着し……。

坂岡真

照れ降れ長屋風聞帖

まだら雪

長編時代小説〈書き下ろし〉

浅間三左衛門に折り鶴を渡した浪人は、長屋に迷い込んだ幼い娘の父親なのか。嫁ぐおすず、老いゆく八尾半兵衛……江戸の時間は流れる。

鈴木英治

口入屋用心棒24

緋木瓜《ひぼけ》の仇《あだ》

長編時代小説〈書き下ろし〉

徐々に体力が回復し、時々出歩くようになった米田屋光右衛門。そんな折り、直之進のもとに光右衛門が根岸の道場で倒れたとの知らせが！

津本陽

柳生兵庫助

斬照《ざんしょう》の刻《とき》

長編時代小説

主君・徳川義直に新陰流第四世を允可相伝させた兵庫助は、剣士として円熟の時を迎えていた。そんな矢先、愛妻の千世が病に倒れる。

幡大介
大富豪同心
水難女難
長編時代小説〈書き下ろし〉
八巻卯之吉の暗殺と豪商三国屋打ち壊しの機会を密かに狙う元盗賊の女狐・お峰。窮地に立たされた卯之吉に、果たして妙案はあるのか。

幡大介
大富豪同心
刺客三人
長編時代小説〈書き下ろし〉
捕縛された元女盗賊のお峰が、小伝馬町の牢から脱走。悪僧・山嵬坊と結託し、三人の殺し人を雇って再び卯之吉暗殺を企む。

幡大介
大富豪同心
卯之吉子守唄
長編時代小説〈書き下ろし〉
卯之吉の屋敷に、見ず知らずの赤ん坊が届けられた。子守で右往左往する卯之吉と美鈴。そんな時、屋敷に曲者が侵入し、騒然となる。

幡大介
大富豪同心
仇討ち免状
長編時代小説〈書き下ろし〉
悪党一派が八巻卯之吉に扮した万里五郎助に武士を斬りまくらせる。ついに、卯之吉を兄の仇と思い込んだ侍が果たし合いを迫ってきた。

牧秀彦
算盤侍《そろばんざむらい》影御用
婿殿《むこどの》帰郷
長編時代小説〈書き下ろし〉
勘定奉行・梶野良材の密命で、妻の佐和を伴い、十代の日々を過ごした八王子に戻った笠井半蔵。そこで待ち受けていた夫婦の危機とは？

水田勁《けい》
紀之屋玉吉残夢録
あばれ幇間
長編時代小説〈書き下ろし〉
かつて御家人だった幇間の玉吉は、ある筋から江戸を荒らす強盗を秘密裏に成敗するよう依頼を受ける。民のために太鼓持ちが悪を討つ！

八柳誠《やつやなぎせい》
縁結び浪人
事件帖
長編時代小説〈書き下ろし〉
他人の恋を実らせるのは得意だが、道場主の娘お文には自分の思いを伝えられない——そんな若侍橘文吾が、縁結びをしつつ難事件に挑む。